Katharina Lindner

Der Tag, an dem alle Farben verblassten

Roman

Kunst

*Kunst ist überall.
Auch in dir.*

Bibliografische Information der Deutschen Nationalbibliothek:
Die Deutsche Nationalbibliothek verzeichnet diese Publikation in der Deutschen Nationalbibliografie; detaillierte bibliografische Daten sind im Internet über http://dnb.dnb.de abrufbar.

TWENTYSIX
Eine Marke der Books on Demand GmbH

© 2021 Katharina Lindner

Herstellung und Verlag:
BoD – Books on Demand, Norderstedt

ISBN: 9783740783341
Coverbild: Ramona Hoffmann
Lektorat & Korrektorat: Matthias Hoffmann

Der große Überflieger

Eduard Schattschneider konnte sich die Verschrobenheit, die ihm nachgesagt wurde, leisten, denn er war als Maler ausgesprochen erfolgreich.

Der Verkauf seiner Bilder war so erfolgreich, dass er mit der Produktion kaum hinterherkam und seine stets wachsende Gemeinde an Auftraggebern immer wieder vertrösten musste. Er war tatsächlich sogar erfolgreich genug, um seine steile Kurve auf dem Kunstmarkt, die permanent nach oben wies, mit Fug und Recht als *unanständig* bezeichnen zu können.

Umso schwerer traf es Eduard, als diese Kurve plötzlich über Nacht von einem fatalen Einbruch betroffen war, den er sich nicht erklären konnte. Es war eigentlich ein ganz gewöhnlicher Freitagmorgen gewesen – oder es hätte ein gewöhnlicher Morgen sein können, wäre da nicht dieses schockierende Ereignis erfolgt, welches das Blut in seinen Adern in Eiswasser verwandelte und ihm schlagartig jegliche Luft aus den Lungen presste.

Der ganz gewöhnlich gemeinte Freitagmorgen entpuppte sich für Eduard als sein persönliches Tor zur Hölle. Und nachdem er es einmal, freilich aus Versehen, durchschritten hatte, blieb ihm die Möglichkeit zur Rückkehr verwehrt.

Eduard hatte alles wie immer gemacht. Er pflegte im Arbeitsalltag einen von zahlreichen Routinen geprägten Lebensstil, der ein Gegengewicht zu seiner überschäumenden und kaum zu bändigenden Fantasie bot. Deshalb war er wie immer pünktlich um sechs Uhr aus dem Bett gesprungen und hatte am offenen Fenster seine üblichen Leibesübungen absolviert, exakt zwanzig Minuten lang. Er hatte ein Glas lauwarmes Wasser mit Zitrone zu sich genommen und einen Blick in die Zeitung geworfen, wohlwissend, dass ihn nichts interessierte, was nicht mit ihm selbst zu tun hatte. (Eduard trank nur Zitronenwasser und niemals Kaffee, weil er, wie ihm häufig bestätigt wurde, nicht nur über Talent, sondern auch über ein unverschämt gutes Aussehen für einen Mittvierziger verfügte – und das wollte er sich so lange wie möglich erhalten.) Über seine Kunst hatte es diesmal keinen Artikel gegeben, weshalb er die Zeitung bald wieder weglegte.

Nach seiner Morgentoilette fühlte er sich fit und bereit, um sich seiner Arbeit zu stellen. Und weil er immer sehr früh mit dem Tagwerk begann, um mehr an einem Tag schaffen zu können, betrat er sein Atelier genau um Punkt sieben. Es war dank der langen verglasten Fronten und eines freundlichen Wettergotts Anfang Mai lichtdurchflutet und lud direkt dazu ein, kreativ tätig zu werden.

Eduard schritt zwischen den Regalen und Tischen hindurch, auf denen sich Pigmente, Pinsel, Malmesser, Leime, fertig angemischte Farben in Tuben, Gläsern und Dosen sowie allerlei weitere Utensilien befanden. Er fühlte in seiner Brust bereits dieses freudvolle, sehnsüchtige Ziehen, das sich immer einstellte, wenn er zu einer Arbeit zurückkehrte. Gestern hatte er sein Tun spät beendet. Erst gegen Mitternacht war er erschöpft und zufrieden ins Bett gefallen, denn das Porträt eines reichen Industriellen vor einer Fabriklandschaft (natürlich seiner eigenen) hatte sich dem Ende geneigt und diesen magischen Fluss hatte Eduard nicht unterbrechen mögen, bis er zum Ziel gelangt war.

Das Bild war großartig geworden: Der feiste, etwas träge Unternehmer in seiner schicken Klamotte strahlte darauf eine Seriosität und Macht aus, die ihm in der Realität gar nicht zu Gesicht stand. Dank seiner hängenden Wangen und dem schläfrigen, gar etwas dummdreisten Blick machte er in der echten Welt wenig her und wurde von Menschen, die ihn nicht kannten, wohl eher für einen faulen Metzger als für einen erfolgreichen Geschäftsmann gehalten. Doch aus Eduards Bild strömte die Vorstellung, die sich ein solcher Mensch gern von sich selbst machte, aus jeder Pore. Er wirkte unnahbar, überlegen, auf eine bewundernswerte Weise verschlagen und außergewöhnlich scharfsinnig. Eduard war sich sicher, dass der Mann, der das Bild bestellt hatte, begeistert vom Ergebnis sein würde.

Längst hatte er erkannt: Niemals wollten seine Kunden eine Abbildung der Realität! Menschen wie diese wünschten sich, dass ein fähiger Künstler ihnen eine Fantasie erschuf, die im Zentrum all ihrer eigenen Träume und Wünsche mit dem Bild verschmolz, das sie für sich selbst entworfen hatten. Dafür bezahlten sie ihn fürstlich und sprachen auf allen Veranstaltungen, Vernissagen oder Geschäftstreffen Empfehlungen aus: *Suchst du jemanden, der deine Braut am Tag der Verlobung porträtiert? Deinen Erstgeborenen ins rechte Licht rückt? Dich selbst und deine erreichten Ziele auf eine Leinwand bannt, damit sie bis in alle Ewigkeit der Welt erhalten bleiben? Dann ist Eduard Schattschneider dein Mann!* Es wurden Visitenkarten ausgetauscht, flüsternd, hinter geschlossenen Türen, auf samtbezogenen Theatersitzen, über edle Schreib- und imposante Konferenztische hinweg, neben Golflöchern, in Pferdeställen, auf Segelyachten und in luxuriösen Autohäusern, natürlich auch auf den Fluren hochpreisiger Galerien. Und bei Eduard hatte das Telefon unaufhörlich geklingelt und ihn ständig aus seiner Arbeit gerissen, was ihn einerseits nervte und andererseits diebisch freute.

So ging das seit Jahren. Eduard war ein Geheimtipp, ein Jahrhundertkönner, eine anerkannte Koryphäe. Und er scheffelte so viel Geld, dass es – nun ja – eben *unanständig* war, und mit jedem weiteren beendeten Auftrag noch ein bisschen unanständiger wurde.

Das Gemälde des unverschämt reichen Sackes mit Hundeblick, wie Eduard seinen aktuellen Auftraggeber insgeheim nannte, stand abgedeckt auf der Staffelei, damit es nicht vom Staub beschmutzt wurde. Der Mann hatte sein blank schimmerndes Glück mit der Produktion von Verpackungsmaterial gemacht (und darüber hinaus klug in Aktien, Immobilien und Kunstwerke investiert), sodass Eduard es nur für recht und billig gehalten hatte, ihn vor einer Ansammlung hässlicher Produktionshallen zu porträtieren. In der rechten Ecke des zumeist düster und in Grautönen gestalteten Hintergrunds lugte vorwitzig die beeindruckende Privatvilla des Magnaten ins

Bild, umgeben von einem akkurat angelegten und penibel gepflegten französischen Garten. Sie ergänzte das in realistischen, aber vielseitigen Farben gehaltene Porträt um noch mehr Lebendigkeit.

Eduard, der immer sorgfältig und besonnen vorging, hatte viel Zeit damit verbracht, das Gemälde vorzubereiten: Er hatte Pigmente mit Bindern vermischt und, wie ihm vorkam, stundenlang gerührt. Er hatte die Leinwand mehrfach grundiert und er war bei der Auswahl der passenden Farben gleichermaßen analytisch wie intuitiv vorgegangen. Trotz des beinahe monochromen Hintergrunds – oder vielleicht gerade deshalb – hatte das Endergebnis in leuchtenden, ansprechenden Farben geglänzt, die dafür sorgten, dass es auch bei nur beiläufiger Betrachtung ins Auge fiel und im Herzen hängen blieb.

Jedenfalls war Eduard davon überzeugt gewesen, exakt auf diese Art in den letzten Tagen vorgegangen zu sein! Doch was seine Augen erblickten, strafte diese Annahme eine Lüge: Während das qualitativ hochwertige und großformatige Foto, das er als Vorlage genutzt hatte und das noch an der Seite der Leinwand hing, unvermindert strahlende Farben zeigte, hatte sein Werk über Nacht scheinbar nicht nur alle Kraft, sondern auch alle Farben verloren! Es war, als sei ihm von einer geheimnisvollen Macht jede Lebendigkeit und Aussagefähigkeit geraubt worden – und darüber hinaus war es ausschließlich aus Schwarz und Weiß gemacht, die allerdings auch bereits zu verblassen schienen! Nicht mehr als eine in aller Eile und ohne viel Engagement hingekritzelte Bleistiftskizze! Das Bild eines Kindes, dem Handwerk, Erfahrung und Kunstfertigkeit noch fehlen! Eine lieblos auf die Leinwand geschmierte Strichzeichnung! Es war ein lebloser Abklatsch dessen, was Eduard in der letzten Zeit so meisterhaft hatte auf den Stoff bannen können! Nicht einmal die feisten Hängebacken des reichen Sacks waren noch deutlich erkennbar! Und seine Nase war so bleich wie der Fabrikschlot in der Ferne, obgleich Eduard allein dafür sieben verschiedene Hauttöne angemischt und sich für die filigrane Ausgestaltung viel Zeit gelassen hatte!

Der erste Gedanke, gleichsam erschreckend wie erleichternd, war, dass mit seinen eigenen Augen etwas nicht stimmte. So etwas gab es, er hatte davon gehört: Menschen, die aufgrund einer Hirn- oder Tumorerkrankung keine Farben mehr wahrnehmen konnten. Oder ominöse Erblindungen, die einer organischen oder psychischen Ursache entsprangen. Doch um das Bild herum war die Welt ganz normal: Reste von Karmin und Ultraviolett leuchteten in der Malerpalette, die Etiketten der Farbtuben zeigten die bunten Schriftzüge ihres Herstellers und ein Blick aus dem Fenster bestätigte, dass auch der üppig blühende Blumengarten nichts von seiner leuchtend bunten Schönheit eingebüßt hatte.

Die zweite Idee, um der grauenvollen Verwandlung auf die Schliche zu kommen, war ein bestenfalls harmloser, aber geschmackloser Schabernack oder – in seiner schlimmsten Vorstellung – ein widerlicher Sabotageakt.

Jemand konnte sich nachts ins Atelier geschlichen haben: Eduard war nicht sehr akribisch im Schutz vor Einbrechern und Dieben, weil er meinte, dass angesichts seiner Berühmtheit und Unnahbarkeit diesen Affront niemand wagen würde. Aber womöglich hatte es doch jemand gewagt? Vielleicht war eine windige Bande Halbstarker durch die nachlässig geschützten Türen oder Fenster eingedrungen und hatte das Original mitgenommen? Aber warum hätten sie diesen lächerlichen, ihn beinahe verhöhnenden Ersatz dalassen sollen? Und wer hätte den produziert haben sollen, einen exakten Nachbau seines gestern Nacht noch bunten Originals?

Nein, entschied Eduard, das war nicht logisch und auch nicht glaubhaft, denn dieses Bild *war* sein Bild, ganz unzweifelhaft. Es zeigte den kaum sichtbaren roten Fleck auf dem Sakko des Porträtierten, der entstanden war, als Eduard den Pinsel mit einer unachtsamen Bewegung zum Wasserglas hatte führen wollen, nachdem er dem Dicken ein herrliches Lippenrot verpasst hatte. Er hatte gewischt und gerubbelt und den Patzer doch nicht wegbekommen, weshalb er entschieden hatte, in dem heute anstehenden Überarbeitungsprozess dem Anthrazit des zartgemusterten Anzugs einen weiteren Anstrich zu gönnen und damit den blassrosa Fleck zu übermalen. Das konnte er sich nun sparen, der Fleck war ebenso grau wie der Rest des Bildes. Aber er war da.

Die dritte Möglichkeit?

Eduard dachte angestrengt nach. Er dachte eine ziemlich lange Weile nach und dann noch eine weitere Zeit lang, doch ihm fiel keine Erklärung mehr ein.

Und das stand auch nicht mehr im Zentrum seiner Aufmerksamkeit, wie ihm schlagartig klar wurde. Das eigentliche Problem war nicht, zu klären, wie sich die Dinge hier auf so geheimnisvolle Weise verändert hatten. Das eigentliche – und ein wirklich bedrohliches – Problem waren die *Konsequenzen*, die daraus entstanden!

Der Dicke wollte das Bild morgen abholen, um es in einer beispiellos angeberischen Präsentation im Rahmen seines siebzigsten Geburtstags zu enthüllen und die Flut seiner stetigen Besucher und Gäste damit zu beeindrucken. Morgen früh war der definitive Abgabetermin, denn ein Geburtstag, gar ein runder, ließ sich nicht verschieben. Dieser fixe Termin ermöglichte zwar, heute noch einige Verfeinerungen vorzunehmen, aber ganz bestimmt nicht, das gesamte Bild komplett neu zu entwerfen! *Oder,* dachte Eduard zitternd und ratlos, *sollte er genau DAS versuchen?* War dies eine Prüfung, um sein Leistungslimit feststellen zu können und die Stärke seiner Nerven zu testen? Aber *wer* hätte ihm diese Aufgabe stellen sollen und *warum*?

„Scheiße, verdammte Scheiße", brüllte Eduard, der unter Stress zum Jähzorn neigte und riss das verunstaltete Bild – *wie der bleiche Finger einer Leiche*, ging es ihm dabei durch den Kopf – von der Staffelei und in eine Ecke, in der sich Abfälle stapelten, deren Entsorgung ihm noch nicht wichtig genug vorgekommen war, um sie anzugehen. Das Gemälde, das keines mehr war, zerriss mit einem hässlichen Geräusch, weil eine gesplitterte Holzlatte es durchbohrte. Ein kaputtes, nichtssagendes Stillleben ohne jede Bedeutung, monochrom, aber ohne den reizvollen Ausdruck einer gut gemachten Schwarz-Weiß-Fotografie – und nun vollends zerstört: Nichts anderes war dieses vermaledeite Bild!

Panik breitete sich in seiner Brust aus, doch es war auch ein leises Gefühl von Genugtuung dabei: *Dieses* Werk durfte dem Auftraggeber unmöglich unter die Augen kommen, deshalb gehörte es auf den Müll! Es hatte sich seinen rechtmäßigen Platz also schon ganz selbstständig und passend ausgesucht! Wie auch immer diese absonderliche Verwandlung hatte vor sich gehen können, auf jeden Fall war das Ergebnis unzumutbar. Es würde nicht nur für einen erheblichen Verdienstausfall sorgen, sondern auch für die Beschädigung seines hervorragenden Rufes! Er musste es verstecken, dem Abfall zuführen, vergessen und *neu beginnen*. Was, wie ihm zweifelsohne klar war, einem wahnwitzigen, im Grunde nicht umsetzbaren Vorhaben entsprach.

Er versuchte es trotzdem.

Während Eduard sich daran machte, das Gemälde exakt zu kopieren und dabei dieselbe Sorgfalt und Leidenschaft an den Tag legte wie beim ersten Exemplar, stellte er sich allerhand verunsichernde Fragen.

Er fragte sich, ob er dabei war, seinen Verstand zu verlieren, der immer tadellos funktioniert und ihm gute Dienste im Lebensalltag geleistet hatte. Er fragte sich, ob es jemanden gab, der ihm schaden wollte und der dabei eine Art Zaubertrick anwendete, um ihn dazu zu bringen, an seiner eigenen Wahrnehmung und Vernunft zu zweifeln.
Er fragte sich, wer so viel Mühe auf sich nehmen sollte und wieso, denn zwar hatte er – wie jeder erfolgreiche Mensch – Neider und missgünstige Zeitgenossen um sich, aber seines Wissens keine wirklichen Feinde.

Er fragte sich, je weiter sein neues altes Werk voranschritt, immer kuriosere Dinge: Ob diese Erfahrung Karma war und er einem Menschen in seinem Umfeld geschadet hatte, was sich nun rächte. Ob er vielleicht doch mal wieder in die Kirche hätte gehen sollen, was er seit Jahrzehnten vermied. Ob jemand im Umfeld des reichen Sackes mit dem Hundeblick oder gar dieser selbst die Fertigstellung des Porträts insgeheim verhindern wollte und was mögliche Gründe dafür sein könnten. Ob sein Magenta noch reichen würde für ein zweites Bild (zum grauen Anzug trug der Auftraggeber eine neckisch pinke Krawatte, um seine

Modernität und Offenheit zu unterstreichen). Ob seine Kräfte genügen würden, um eine komplett durchwachte Nacht voller Arbeit durchzustehen. Ob die Tätigkeit als ein Künstler, der sich eng an die Bedürfnisse seiner Kunden anzupassen hatte und niemals frei arbeiten konnte, sich überhaupt lohnte, wenn sie auch bisher einen geradezu unanständigen Obolus abgeworfen hatte.

Er zeichnete und skizzierte, malte und überarbeitete, entwarf und setzte um. Er roch den scharfen, manchmal leicht süßen, manchmal bitteren Geruch der Farben. Er bekam bunte Finger und einen Kittel, der selbst aussah wie ein Seerosenteich von Monet. Er gönnte sich nur zwei knappe Pausen, um einen Tee zu trinken und eine aufgewärmte Currywurst aus der Packung zu essen. Es wäre doch gelacht, sagte er sich, wenn es ihm nicht gelingen sollte, dieses Werk zu vollenden! Unter Zeitdruck hatte er schon oft gestanden und trotzdem solide Ergebnisse erzielt. Und ein Bild, das er einmal bereits gemalt hatte, würde ihm auch ein weiteres Mal gelingen! Das Können steckte in ihm, in seinen Fingern, in seinem Kopf und in seinem Herzen. Er konnte es schaffen, das Werk zu replizieren und pünktlich abzugeben, wenn er alles gab, was ihm zur Verfügung stand. Er war ein absoluter Profi! Und die Pinsel waren ihm immer zuverlässig zu Diensten, wie ergebene, ihn anhimmelnde Untertanen, über die er mit väterlich schützendem Wohlwollen herrschte. Daran würde sich auch durch einen faulen Zauber nichts ändern, wie auch immer er entstanden war!

Das zweite Bild war im Morgengrauen fertig und sah exakt so aus wie das erste, nur dass ihm der blassrosa Klecks fehlte, der durch ein Versehen entstanden war, das sich nicht wiederholt hatte.

Eduard, erschöpft von der Anstrengung und entkräftet von der Aufregung, merkte gar nicht, wie er mit einem erleichterten Seufzer auf seinem Schemel zusammensank, den Rücken an das Regal gelehnt, den Pinsel noch in der Hand, der ihm allerdings alsbald aus den Fingern rutschte. Er fiel in einen wirren Schlummer, dem keine lange Dauer vergönnt war, der aber genügte, um seine Lebensgeister wieder zu wecken.

Denn das Wichtigste war:
Er hatte es geschafft!
Das Bild, wieder liebevoll bedeckt von einem weißen Leinentuch, stand zur Abholung bereit und bis dahin durfte er sich gewiss ein, zwei Stunden Erholung gönnen, obgleich es am Horizont bereits dämmerte.

Das verblasste Bild

Eduard kannte viele verschiedene Reaktionen auf seine Bilder: Ehrfürchtiges Staunen und übersprudelnde Begeisterung, übertriebenes Lob und neidvoll-bewundernde Kommentare, hin und wieder auch gehässige, substanzlose Kritik, die ihm selbst nur ein mildes Lächeln entlockte, weil sie ihn nicht ernsthaft berührte. Aber Gelächter war noch nie darunter gewesen!

Er war also einigermaßen irritiert, dass der Sekretär des reichen Sackes, der beauftragt worden war, das Kunstwerk abzuholen und den geforderten Preis mit einer großzügigen zehnprozentigen Zugabe zu bezahlen, in dröhnendes Gelächter ausbrach, als Eduard das Tuch von dem kostbaren Werk nahm.

Es war ein Lachen, das nichts Freundliches oder Fröhliches an sich hatte. Bitterkeit und Verzweiflung mischten sich hinein, wie ein Tropfen Lampenschwarz, der ein blütenreines Titanweiß in eine schmutziggraue Masse verwandelt, mit der sich höchstens noch verdreckte Bürgersteige und rußige Industriestädte oder gewitternde

Abendhimmel malen lassen. Und Eduard verstand sofort – er hatte eben einen ziemlich scharfen und raschen Verstand – warum dieses verzweifelte Gelächter sich in den Raum ergoss.

Als er den Schleier wegzog, offenbarte sich ein weiteres, unfassbares Mal eine brutale Wahrheit: Auch dieses Bild war in den wenigen Stunden, in denen er in den Schlaf gesunken war, zu einer blassen Ansammlung nichtssagender Dinge mutiert. Nichts, was man sich an die Wand hängen oder Bewunderung heischend präsentieren würde. Nichts, was entsprechend *entlohnt* wurde.

Warum? Das war völlig unklar.

Das Erstaunen darüber in Edwards verwirrter Seele war noch größer als am Morgen zuvor. Konnte sich diese böse, hinterlistige Magie tatsächlich zweimal auf so perfide Weise entfalten? Und wie um Himmels willen war ihr beizukommen? Ihm wurde klar, dass sich just in dieser Minute sein gesamtes berufliches Leben in Feuer, Asche und Rauch auflöste und er nicht imstande war, es zu verhindern.

Dieser geplatzte Auftrag war für sich genommen schon eine Katastrophe, weil sie ihn Geld, Prestige und gute Mundpropaganda kostete, denn der reiche Sack verfügte über kostbare Beziehungen und viel Einfluss. Aber was war die

Folge, wenn sich ein solch schädlicher Prozess fortsetzte? Ihm würde *überhaupt kein* gutes Bild mehr glücken und dann war seine Karriere zu Ende! *Tschüss, großes Atelier, gemütliches Haus, komfortables Auto, gepflegte Kontakte! Und herzlich willkommen, sozialer Abstieg, Elend und Not, Einsamkeit, Scham, Peinlichkeit, Verachtung, Lächerlichkeit, Sinnlosigkeit!* Er würde ganz und gar die Kontrolle über alles verlieren, das ihm etwas bedeutete! Und es war ihm ein einziges Rätsel, aus welchem Grund dies geschah!

Eduard spürte, wie ihm das Herz im Leib aufquoll wie ein Luftballon, der an einem Kompressor hängt und gleich zu platzen droht. Was sollte er dem Sekretär bloß sagen? Wie sich erklären? Sollte er um mehr Zeit bitten, um einen dritten Versuch zu wagen? Zwar verspürte er die vage aufsteigende Gewissheit, dass auch das nächste Experiment gründlich misslingen würde, doch schwerer noch wog die absolut unumstößliche Frist, die ihm wieder ins Bewusstsein gelangte: Der reiche Sack hatte sein Bildnis ohne Puffer zeitlich genau passend für die Party zu seinem siebzigsten Geburtstag bestellt – und der war heute. Eine weitere Chance würde Eduard nicht bekommen.

Und auch sonst keine Chancen mehr: Tief in seinem Inneren fühlte er, dass es mit anderen Bildern, anderen Auftraggebern genauso laufen würde. Er hatte keinen blassen Schimmer, wie dem beizukommen war. Ratlos und getrieben von einer ihn überflutenden Verzweiflung schlug er die Hand vor die Augen, unfähig, der Scharade noch irgendeine halbwegs nachvollziehbare Erklärung hinzuzufügen.

„Was ist DAS denn?", fragte der Sekretär, nachdem sein schauderhaftes Gelächter verklungen war. Sein Blick verriet unverhohlene Abscheu und Verachtung, auch Ungläubigkeit. „Das ist doch nicht das Bild, das ich abholen soll? Mir war ein farbenprächtiges, das Auge und Herz erfreuendes und beeindruckendes Gemälde angekündigt worden, das sich wunderbar an der pistaziengrünen Wand im Foyer über den Treppen meines Chefs machen wird. Aber ich sehe farbloses Gekritzel, womöglich von einem an Parkinson erkrankten Untalentierten mit Bleistift lieblos hingerotzt! Mir ist gesagt worden, Sie seien ein echter Könner!"

Geflutet von Entsetzen und Verachtung verfiel der Lakai in selbstmitleidige Klagen:

„Herr im Himmel, ich muss das Bild in einer Stunde an seinem Bestimmungsort abgeliefert haben! Danach muss ich mich um das Catering kümmern ... die Parkplatzaufteilung ... die Garderobe unseres geschätzten Arbeitgebers ... die rosa Krawatte muss noch aus der Reinigung geholt werden und die romantische Beleuchtung am Gartenteichpavillon ist nicht fertig ... Herrje! Ich hab keine Zeit für so einen Unsinn! Ist das ein Scherz? Ein Streich? Eine von diesen dummen Ideen, die Genies manchmal haben und auf die kein Normalsterblicher kommt? Was zur Hölle soll ich mit *diesem* Bild anfangen, Meister Schattschneider?"

Sie nannten ihn, angelehnt an die alten Künstler, „Meister", aber bald würden sie das nicht mehr tun. Schon jetzt ließ die Bezeichnung die einstige Ehrfurcht vermissen, in der es sich so angenehm badete, weil man sich dann wie der größte Held der Welt fühlen konnte.

Der Sekretär weckte Mitgefühl in Eduard, aber nicht so viel, wie er für sich selbst empfand. Schweißtropfen, fahrige Bewegungen und ein kaum spürbares Beben der Gliedmaßen spiegelten dieselbe fassungslose Furcht wider, die auch Eduard beutelte, doch was sollte er tun? Das Bild war Schrott und jeder, der seiner ansichtig wurde, konnte das auf den ersten Blick erkennen! Für den

Sekretär würde diese Geschichte ebenfalls böse ausgehen, wie Eduard ahnte, denn meistens bekamen die Boten übler Nachrichten den Kopf abgeschlagen, obwohl sie nichts für die Nachrichten konnten. Und der reiche Sack war nicht gerade für seine Milde und Nachsicht bei Fehlern und gescheiterten Zielen bekannt, vor allem nicht, wenn sie ihm zum Nachteil gereichten.

Der Sekretär verwandelte seine eigene Verzweiflung und Angst in wild schimpfende Vorwürfe und Beleidigungen, die seiner Position nicht angemessen waren, diesen Raum aber auch nicht verlassen würden.

„Herrgott, so eine verdammte Gülle, was soll ich dem Alten denn bloß sagen? Diesen Mist kann ich ihm nicht als Endergebnis präsentieren! Was ist mit Ihnen los, Schattschneider? Sagen Sie es mir – wie soll ich dem Alten diese Katastrophe erklären, ohne dass es mich meinen Job und meine gesellschaftliche Stellung kostet? Sie verdammter Versager – was stimmt mit Ihnen denn nicht? Sind Ihre Pinsel schizophren geworden? Oder haben Sie sich gedacht, Sie probieren einfach mal was Neues aus, weil Sie Lust darauf hatten? Auf unsere Kosten! Auf *meine* Kosten! Schattschneider, Sie elender ... *Stümper!*"

„Es war keine Absicht", beteuerte Eduard, um seinem Gegenüber klarzumachen, dass es sich mitnichten um Renitenz oder experimentelle Abenteuerlust auf seiner Seite handelte. Aber er hielt mitten im Satz inne. Es gab keine Erklärung für dieses Ereignis und jede, die er versucht hätte, wäre erstens Spekulation und zweitens so unfassbar, dass sie ihn ins Irrenhaus bringen konnte. Was auch immer er erklärte und wie gut er es erklärte, die Wahrheit würde ihm niemand glauben.

„Vielleicht sind meine Farben zu alt", sagte er deshalb nur, eine kaum ausreichende, aber immerhin einigermaßen realistische Begründung, die nichts retten würde. Er sah sich schon alles verlieren. *Tschüss, gewohntes Leben. Tschüss, bejubeltes Talent!* Es war schmerzhafter, als wenn er sich selbst einen Fuß amputiert hätte.

„Wie auch immer", bellte der Sekretär und warf mit seinen spitzen Spinnenfingern wieder das Laken über das Bild, um seinen Anblick nicht mehr ertragen zu müssen. „Dieses Bild werde ich nicht annehmen und schon gar nicht bezahlen. Betrachten Sie unsere geschäftliche Beziehung hiermit als beendet. Wir werden einen anderen Künstler finden, der es besser kann als Sie! Dann wird das Bild zwar nicht am Geburtstagsabend zur Verfügung stehen, aber immerhin für den Rest seines Lebens dem Boss ein Lächeln ins Gesicht zaubern. Was für dieses scheußliche Machwerk nicht gilt! Verlassen Sie sich drauf, Schattschneider, ich werde persönlich dafür sorgen, dass die Welt von Ihrer Unfähigkeit erfährt! Sie werden auf dem Markt und in den Galerien keinen Fuß mehr auf den Boden kriegen! Sie können schon mal damit anfangen, Ihre Farbtuben wegzuwerfen und das Atelier auszuräumen, denn dessen Miete werden Sie sich schon in Kürze nicht mehr leisten können! Die Stimme meines Chefs ist auf dem Kunstmarkt eine gewichtige – wenn er auch zugegebenermaßen von Kunst keine Ahnung hat und sich Expertenwissen einkauft. Aber um SIE zu ruinieren, Schattschneider, braucht es keinen Experten, denn das werde ich höchstpersönlich selbst übernehmen!"

Er war ganz außer Atem nach seinem erhitzten Monolog. Wischte sich mit einem Taschentuch über die Stirn, stieß Luft durch die gespitzten Lippen. Eduard konnte ihm gut nachfühlen, wie es dem Mann ging. Er selbst war gleichzeitig erschöpft und überdreht, eine unselige Mischung, die dem Körper, dem Geist und der Seele weder eine Verschnaufpause gestattete, noch tatkräftige Aktivitäten ermöglichte. Sie erschuf stattdessen Blockaden, die nicht aufzulösen waren und brachte Probleme mit sich, deren Lösungen sich in weiter Ferne befanden. Eine Ferne, die in einem fantastischen Märchenland lag, eine hauchzarte Traumwelt, die bei Licht zu Staub zerfiel und nicht einmal eine kleine Spur hinterließ, an der man sich auf seiner Suche hätte orientieren können.

Er ahnte, dass der Sekretär keinerlei Mühe haben würde, seine Drohung in konkrete Ergebnisse münden zu lassen: In der Kunstwelt stieg man in Rekordzeit auf, wenn die Sterne (vielmehr die Gönner) günstig standen, aber man konnte auch genauso rasch vom Himmel fallen wie ein Meteorit, der für den Bruchteil einer Sekunde hell leuchtete und dann nichts als Asche und Zerstörung hinterließ.

„Sie müssen mir das Bild nicht abkaufen", brummte Eduard gleichermaßen unwillig wie verständnisvoll.

„Oh, das werde ich auch nicht", echauffierte sich sein Gegenüber, das sich bereits zum Gehen anschickte. „Sie können froh sein, dass ich Ihre Bude nicht in Brand stecke, sobald meine Füße über die Schwelle nach draußen treten! So ein Ärger, Schattschneider! Sie bringen mich in eine unmögliche Situation! Ich werde Ihnen das gewiss nicht vergessen!"

So ging es noch eine Weile. Eduard ließ den Sermon, der durchaus in einer sprachlich blumigen Fülle auf ihn herniederprasselte, über sich ergehen, die Schultern eingezogen, die bunten Finger beschämt hinter dem Rücken versteckt. Es gab nichts zu widersprechen und nichts zu ergänzen. Der Sekretär des reichen Sacks nörgelte und fluchte noch im Hinausgehen und würde damit wohl auch während der Fahrt zurück in die Firma nicht aufhören, obwohl ihm das nicht den Kopf retten konnte.

Die Tür fiel laut und heftig ins Schloss und es war, als würde das Atelier in genauso kleine Stückchen zerbersten wie die Seele des Malers, dessen unfassbare Erfolgssträhne soeben ihr unrühmliches, fast schon banales Ende gefunden hatte.

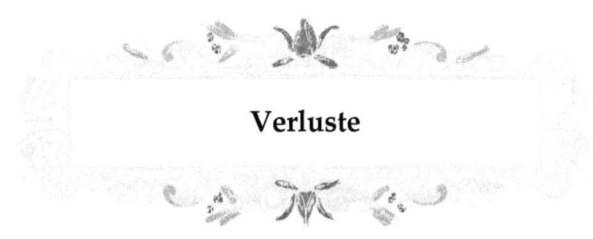

Verluste

Der Sekretär des reichen Sacks hatte nicht gelogen und auch nicht übertrieben, als er Eduard angedroht hatte, seinen bisher tadellosen Leumund zu zerstören.

Es dauerte nur ein paar Stunden, da hatte die furchtbare Wahrheit (neben allerlei absurden Gerüchten) die Runde in der Gegend gemacht und mit derselben Inbrunst, mit der man Eduard Schattschneider, dem Porträtmaler, früher gehuldigt hatte, zog man nun herzhaft über ihn her.

Aktuelle Auftraggeber nahmen ihre Bestellwünsche zurück, Galerien wechselten ihr Ausstellungsangebot und niemand kam auf die Idee, bei dem unglücklichen Künstler einmal direkt nachzufragen, was da eigentlich los sei. Zu berauschend war die brodelnde Tratschküche, der man sich einfach nicht zu entziehen vermochte, weil sie einen wohligen Schauder verursachte, der sich nur deshalb so angenehm aufregend anfühlte, weil man selbst nicht betroffen war.

Das Internet mit seiner Fähigkeit, Neuigkeiten in Sekundenschnelle über den ganzen Erdball zu verbreiten, die nie wieder aus dem Bewusstsein zu tilgen waren, tat sein Übriges, um den ehemaligen Meister seiner Zunft zu ruinieren.

Am Ende der Woche hatte Eduard keinen einzigen Auftrag mehr und demzufolge nichts mehr zu tun. Am Ende des Monats hatte er wiederum eine Menge zu tun, denn er suchte verzweifelt nach einer beruflichen Alternative, um seine fällige Miete bezahlen zu können. Aber was tat ein Mensch, der außer zum Malen zu nichts taugte, weil er keine weiteren Talente und schon gar keine Ausbildung in anderen Bereichen besaß? All seine Zeit, seine Energie und seine Fähigkeiten waren seit der frühen Kindheit ins Malen geflossen, vorbildlich gefördert von einem bildungsnahen Elternhaus, das Kunst und Kultur schätzte und den Wunsch, eines der Kinder als erfolgreichen Prominenten zu sehen, nach Kräften umgesetzt hatte, einschließlich eines teuren Auslandsstudiums. Für die primitiveren, aber womöglich ebenfalls einträglichen Berufszweige direkt vor der Haustür, die bodenständigere Fähigkeiten hätten vermitteln können, war keine Aufmerksamkeit mehr übriggeblieben, sie hatten vor den Augen seiner Eltern sowieso keine Gnade gefunden. Und vor seinen eigenen auch nicht, was sich jetzt bitter rächte.

Die Rechnungen stapelten sich und ihnen folgten Mahnungen, erst höflich formuliert, dann unmissverständlich unerbittlich. Die Mahnungen wurden von Inkassoschreiben abgelöst. Die Farben- und Leinwandfirmen stellten ihre gewohnten Lieferungen ein. Der Kühlschrank leerte sich und wurde nicht wieder aufgefüllt. Vor Kummer und Sorge büßte Eduard Gewicht ein, doch er konnte sich weder neu einkleiden noch etwas Speck anfressen, denn für beides fehlte bald das Geld. Natürlich hätte Eduard, der immer gut gelebt hatte, ein Polster haben müssen, aber vorausschauende Planung war nie seine Stärke gewesen: Mit ebenso vollen Händen, wie er das Geld eingenommen hatte, hatte er es auch wieder ausgegeben. Für Luxus, Vergnügen, üppige Gesellschaften, die seinen Bekanntheitsgrad zusätzlich gesteigert hatten. Für Konsumgüter, von denen er immer geglaubt hatte, er würde sie brauchen. Für Spaß und oberflächliche, kurzweilige Vergnügen, von denen nichts geblieben war. Nun war er erstmals im Leben pleite und ganz auf sich gestellt, was sich furchtbar anfühlte.

Was tun?

Er konnte wohl die Wagen in der reich bestückten Garage zu Geld machen oder die Kunstwerke, die er selbst gesammelt hatte, verscherbeln, doch das Problem war, dass er über Nacht zu einem Geächteten geworden war. Niemand wollte mehr mit ihm Geschäfte machen oder ihm etwas abkaufen, nicht einmal ein Auto oder ein Gemälde, das nicht seinem Pinsel entstammte. Es wollte ihm auch niemand einen bezahlten Job geben, nicht einmal für Lager- oder Handlanger- oder Hilfstätigkeiten. Auch Freunde, die er um Hilfe oder ein Darlehen hätte bieten können, zogen sich zurück. Sie schützten Zeitnot vor oder ließen sich gleich ganz verleugnen – sie waren wohl niemals echte Freunde gewesen.

Eduard wurde zu einem Aussätzigen, um den man einen großen Bogen machte, weil man fürchtete, er werde eine hochansteckende Seuche – die Krankheit des schambesetzten Scheiterns – in die Gesellschaft tragen und alle damit infizieren.

Und weil man sich mit ihm und seinem Talent nicht mehr schmücken konnte, wurde es auch nach einer ersten Zeit der explodierenden Gerüchte sogar vermieden, überhaupt öffentlich über ihn zu sprechen. Es war, als könne allein die Erwähnung seines Namens etwas von seiner Schande an die unbescholtenen Bürger übertragen, die sich vor einer ähnlichen Erfahrung fast zu Tode fürchteten.

Nur heimlich hinter vorgehaltener Hand wurde seine Geschichte vom plötzlichen Verlust eines künstlerischen Genies ebenso bösartig wie mitleidig erzählt, aber immer begleitet von einem gewissen Ekel, der auf Abstand hielt, und der inneren Sicherheit: *Mir selbst könnte so etwas nie passieren!* Es passierte nur denen, die etwas falsch gemacht hatten. Brachte man die Leistung, die von einem erwartet wurde und nahm man seine Aufgaben ernst, widerfuhr einem so etwas nicht. Eduard mutierte zu einem Gespenst, das den Druck, Ehrgeiz und Anstrengungen an den Tag zu legen, für alle Beteiligten umso mehr befeuerte.

Irgendwann erbarmten sich ein paar Fremde, die von weiter wegkamen und nicht genug wussten, ihm seine einstigen Luxusprodukte abzukaufen, boten jedoch lächerliche Schleuderpreise. Die Nachfrage bestimme den Markt, erklärten sie lächelnd, die Gunst der Stunde nutzend. Und Eduard hatte keine Wahl, denn die finanzielle und soziale Schlinge um seinen Hals zog sich immer enger zu.

Er veräußerte seinen gesamten beweglichen Besitz, konnte damit aber kaum sein Konto füllen, weil ihm das Geld angesichts der lauernden Gläubiger durch die Hände glitt, kaum, dass er es erhalten hatte. Und die Zukunft malte sich selbst in immer düsteren Farben, sie wurde so grau und monoton wie seine Bilder.

Zwar hatte Eduard mehrfach versucht, Bilder zu malen, wieder und wieder. Auch wenn die Auftraggeber sie ihm nicht mehr abnehmen würden, so waren sie doch eine Chance, das Verlorene zurückzubekommen, denn machte Übung nicht den Meister? (Und eine gute Ablenkung boten sie dazu, die hatte er auch bitter nötig.) Er hatte durchaus Hoffnung und war voller Motivation, das Problem in den Griff zu bekommen: Ein Ruf ließ sich vielleicht wiederherstellen, wenn das Genie nur genug Anregungen bekam, sich wieder blicken zu lassen. Ein Genie starb nicht einfach so! Es mochte sich vielleicht eine Weile zurückziehen und verstecken, doch irgendwo in ihm musste es doch sein! War es möglich, es erneut heraus zu kitzeln?

Eduard bemühte sich. Doch es war immer dasselbe: Am anderen Morgen war aus dem mühsam erstellten Kunstwerk eine Peinlichkeit geworden und irgendwann hatte er frustriert und resigniert aufgeben.

Gegen Ende des Jahres waren seine Mietschulden – es war ein ziemlich kostspieliger und großzügiger Lebens- und Arbeitsbereich, den er sich gegönnt hatte – so groß geworden, dass ihn die freilich erwartete und längst angedrohte Kündigung ereilte.

Er war gezwungen, sich im wahrsten Sinne des Wortes zu verkleinern, doch das gestaltete sich als Vorhaben schwierig, weil auch niemand bereit war, ihm die zwei Zimmerchen mit Kochecke und fensterlosem Bad zu vermieten, die er sich gerade noch so eine Zeit lang würde leisten können.

Vielleicht würde es gar nicht so schlimm werden, sagte er sich, denn er malte ja sowieso nicht mehr und brauchte daher weder Licht noch Stauraum für sein Equipment. Und auch nicht die Putzfrau, die sein Haus in Schuss gehalten oder den Gärtner, der sein weitläufiges Anwesen gepflegt hatte. Aber es *wurde* schlimm, weil er nämlich gar keinen Zuschlag bekam, nicht einmal für die finstersten, hinterletzten Rattenlöcher neben windigen Spelunken, in denen Gewalt und Drogengeschäfte an der Tagesordnung waren. Jene, die in Stadtgebieten lagen, in die er früher freiwillig keinen Fuß gesetzt hätte.

Der materielle und gesellschaftliche Abstieg des einst hochgejubelten Künstlers endete in der Obdachlosigkeit. Ihm blieb nur mehr der klapprige alte Bus, den er sich aus nostalgischen Gründen einmal für wenig Geld gekauft hatte, um ihn zu restaurieren und damit kleine Reisen zu unternehmen. Das war zu einer Zeit gewesen, als unter den Vermögenden der Minimalismus-Trend Einzug gehalten hatte und plötzlich durch freiwillige Enthaltsamkeit geprägte Campingreisen so hip wurden wie Veggie-Burger und fast leere Kleiderschränke. Diese freiwillige Notwendigkeit, die auf Urlaube hätte beschränkt bleiben sollen, wurde nun zu seiner Lebensrealität – und die war bitter. Was er nun noch besaß, war ausgesprochen wenig: ein Rucksack voller verschlissener Kleidung, die ihm zu weit war (keine Malkittel, die hatte er weggeworfen), ein paar der nötigsten Haushaltsgegenstände und eine Packung Buntstifte. Sie waren das Letzte, was aus seiner Künstlerzeit übrig war, und sie waren von minderer Qualität, außerdem nur noch halb so lang wie beim Öffnen der Packung. Aber er brachte es nicht übers Herz, sie wegzuwerfen, wie er es mit dem ganzen anderen hochwertigen und teuren, jedoch jetzt nutzlosen Equipment aus lauter Wut getan hatte. Er hatte außerdem ein Notizbuch im Gepäck, um das, was er unterwegs sah, roch, hörte, schmeckte, fühlte und begriff, notieren zu können.

Weil Bleiben keine Option war und der Bus ein Dach über dem Kopf und eine Möglichkeit der

Mobilität bot, machte Eduard Schattschneider sich zu einer Reise auf.

Er kannte sein Ziel nicht, wünschte sich aber, eine Erklärung zu finden, um die Dinge begreifen zu können, die ihm da widerfahren waren. Er wollte beobachten, erkennen und lernen. Er wollte voller Demut, Neugier und Offenheit zu einem Schüler werden, dem – wenn auch nichts sonst – zumindest die Fähigkeit blieb, eine Lektion wahrzunehmen und daraus seine Schlüsse zu ziehen.

Und vielleicht eines Tages unter anderen Umständen und mit neuen Informationen einen Neubeginn versuchen zu können.

Er würde dem Geheimnis seiner verlorenen Kunst auf die Spur kommen – und sie sich auf diesem Weg vielleicht zurückerobern.

Matilda und Levi

Anstatt darüber nachzugrübeln, was er alles verloren hatte und welche Annehmlichkeiten ihm nun fehlten, konzentrierte sich Eduard zunächst immer nur auf den nächstmöglichen Schritt, den er unternehmen konnte, und mochte er auch noch so winzig sein.

Er fuhr am Tage und schlief in der Nacht auf einer Matratze in seinem Bus, den er an irgendeinem abgelegenen Parkplatz außerhalb der Ortschaften abstellte. *Fahren, essen, tanken, schlafen.* Er lebte so sparsam wie nie und stellte erstaunt fest, wie wenig er eigentlich brauchte. Natürlich war er weit davon entfernt, sich unbeschwert, frei und glücklich zu fühlen, aber dem direkten Zugriff der bedrängenden Gläubiger entkommen und die Verantwortung für eine viel zu teure Immobilie losgeworden zu sein, verschaffte ihm zumindest den Eindruck, etwas Ballast abgeworfen zu haben, und damit Erleichterung.

Es gab nicht mehr so viel, worum er sich kümmern musste und seine Tage waren arm an Reizen und Stress. Er wusste nicht, wie sich sein Leben morgen oder nächste Woche oder nächstes Jahr gestalten würde, doch für den Moment konnte er freier atmen.

Wenn sich eine Gelegenheit bot, im Rahmen einer Aushilfstätigkeit etwas Geld zu verdienen, nahm er sie wahr: Auf diesem Weg hatte er etwa schon einem Bauern geholfen, Zäune zu reparieren, in einem Andenkenladen hübschen Nippes an Touristen verkauft, für ein Rentnerpaar den Rasen gemäht und LKW beladen. Er kam mit Menschen zusammen, führte das ein oder andere Gespräch und vermied es dabei bewusst, sich selbst und sein verpfuschtes Leben zu thematisieren. Nicht nur, weil er sich schämte, sondern vor allem, weil das Gestern nicht mehr so viel Raum in seinem Leben und seinem Kopf einnehmen sollte. Die Vergangenheit war erst großartig und dann grauenvoll gewesen – aber sie war vorbei und deswegen nichts, woran er noch sein Herz und seine Aufmerksamkeit hängen wollte.

Durch einen dieser Aushilfsjobs, die ihm sein erzwungenes und doch unverhofft angenehmes Nomadenleben finanzierten und ihn in neuen Kontakt mit der Welt brachten, fand er im Frühjahr des nächsten Jahres Matilda und Levi.

Er stieß beim Einkaufen der wenigen Dinge, die er zum Überleben benötigte, auf eine Anzeige, welche die alleinerziehende Mutter Matilda offenbar in großer Not an die Pinnwand des Supermarkts gehängt hatte.

Aufgrund ihrer Arbeitszeiten im Einzelhandel, die mit den Zeiten der schulischen Hortbetreuung, die ihr zehnjähriger Sohn besuchte, nicht harmonierten, suchte sie verzweifelt nach einer Person, die kompetent genug und bereit dazu war, täglich ein bis zwei Stündchen auf den Jungen aufzupassen. Manchmal waren es sogar drei Stunden, die den mageren Lohn, den sie in Aussicht stellte, noch etwas zu steigern vermochten, aber im Grunde war es aussichtslos, für eine solche Tätigkeit jemanden zu finden.
Niemand wollte einen Job, der täglich zu fixen Terminen verpflichtete, dabei aber kaum etwas abwarf.

Aber Eduard wollte ihn. Er hatte den eilig geschriebenen Zettel gesehen und sich überlegt, dass es überhaupt nicht darauf ankam, sofort wieder aufzubrechen, zumal er sowieso kein Ziel vor Augen hatte. Genauso gut konnte er auch noch etwas in dieser schnucklingen Kleinstadt verweilen und der Mutter in Not unter die Arme greifen. Dann blieb ihm auch etwas Zeit und Gelegenheit, um sich zu überlegen, wie es in Kürze für ihn weitergehen konnte. Er war nun eine Weile auf Reisen gewesen und seinem Ziel, das Rätsel um die verblassten Bilder zu lösen und sich gleichzeitig selbst am Leben zu erhalten, keinen Schritt nähergekommen. Den zum Glück milden, aber langen Winter hatte er überstanden, ohne jeden Komfort, doch mit sich selbst einigermaßen zufrieden. Er und sein Leben waren reduziert auf das Notwendigste, aber er hatte auch die Erfahrung gemacht, dass er bislang hatte überleben können, unter welchen Umständen auch immer. Es war die richtige Zeit für eine neue Aufgabe, die sprießende Natur unter der verlockenden Frühlingssonne erzählte eindringlich genug davon.

Eduard meldete sich unter der angegebenen Telefonnummer und war freudig überrascht von der Energie und Lebensfreude, die in Matildas klarer, fokussierter Stimme mitklang.

Sie seufzte dankbar, als er erklärte, warum er anriefe. Sie verkündete, sie habe schon gar nicht mehr damit gerechnet, dass jemand auftauche, es hätte sich bislang wohl niemand gemeldet, sie habe damit aber ehrlich gesagt auch gar nicht wirklich gerechnet, es aber eben erhofft, aller Vernunft zum Trotz. Sie fragte ihn sogleich über sein Leben und seine persönlichen Werte aus, woraufhin Eduard das meiste an Informationen ausließ und nur erzählte, er sei ein unbekannter Künstler ohne gegenwärtige Aufträge, der sich zu Inspirationszwecken eine Pause auferlegt hatte. Und dass er gut mit Kindern könne, sie gern möge, das behauptete er ebenfalls. Es war ein bisschen gelogen, zumindest unterlag es einer Einschränkung: Manche Kinder mochte er *überhaupt nicht*. Vor allem nicht die, die ihm manchmal Modell gesessen hatten. Aber welche Wahl blieb ihm, wenn er diesen Job haben wollte?

Matilda scherzte, Levi sei gewiss einem gemeinsamen Malprojekt im Rahmen der Betreuung nicht abgeneigt und sie lachten beide – etwas verkrampft, aber höflich – bevor sie Eduard zum persönlichen Gespräch einlud. Ihre Stimme, hell wie das Zwitschern einer Amsel, die in den Zweigen sitzend ihr stolzes Lied in die Natur schickt, blieb ihm noch lange im Ohr, nachdem er schon aufgelegt hatte.

Wie auch schon am Telefon fiel Eduard die zielstrebige und unbeirrbare Art Matildas auf, direkt nachdem sie ihm die Tür geöffnet hatte.

Sie sah genauso aus, wie sie sich anhörte:
Stabil mit beiden Füßen fest im Leben stehend, unerschütterlich wie ein Bergmassiv in den Anden und gleichzeitig so empathisch und sensibel, als habe sie schon ein bisschen mehr erfahren von

der Welt und etwas genauer hingesehen, als andere Menschen es taten. Sie war klein, wendig und agil, ein Eindruck, der sich durch ihre raschen Bewegungen noch verstärkte und viel von ihrer unerschöpflichen Energie ahnen ließ. Ihr schwarzes, krauses Haar bauschte sich wie eine Gewitterwolke um ihr rundliches Gesicht, auf dem ein feuriges Lächeln lag. Eduard, der durch seine Arbeit einen Blick für Menschen und auch schon etliche aller Couleur kennengelernt hatte, erkannte sofort, dass Matilda einerseits eine Frau zum Pferdestehlen war, wenn jemand ihre Unterstützung brauchte, sich anderseits aber auch nicht die Butter vom Brötchen klauen ließ, wenn es um etwas Wichtiges ging. Sie schien in sich zu ruhen und strahlte eine kaum greifbare innere Balance aus, von der wohl andere Frauen ihres Altes nur träumen konnten. Trotzdem hatte das Leben – ein sicher nicht nur schönes, sondern auch manchmal hartes Leben – auch an ihr seine unverkennbaren Spuren hinterlassen: Hinter der grünen Brille mit dem massiven Gestell verbargen sich geschickt geschminkte Augen voller Krähenfüße. Und zuweilen, ihr selbst gar nicht bewusst, huschte ein Ausdruck über ihre Züge, der mit einem gewissen Fatalismus ihr Gesicht zu leeren schien, wie wenn man einen überbordend vollen Eimer auskippt.

Sie war schwer zu lesen und unter der Oberfläche angefüllt mit Widersprüchlichkeiten, doch die stärksten von allen Eindrücken waren entwaffnende Offenheit, imponierende Stärke und herzerfrischende Sympathie. Eduard, der wie ein Ausgehungerter nach einem Fitzel menschlicher Zuneigung lechzte, aalte sich genüsslich darin.

„Schön, dass du dich gemeldet hast", empfing sie ihn und öffnete die Tür weit, damit er eintreten konnte.

Schon im Flur fiel ihm eine unfassbare Fülle an Chaos entgegen. Es war nicht so, dass es unsauber oder ungepflegt war, aber die viel zu kleine Wohnung war vollgestopft mit viel mehr Möbeln und Dingen, als eigentlich hineinpassten. Und es war deutlich erkennbar, dass hier eine Frau lebte, die mit vielen Alltagspflichten jonglierte und sich wohl hauptsächlich auf das Entscheidende konzentrierte: ihren Jungen und den Job, weshalb für den Haushalt nicht mehr viel an Ressourcen, Zeit und Energie abfiel. Sie entschuldigte sich auch sofort, während er sich bückte, um die Schuhe auszuziehen:

„Es tut mir leid, wie es hier ausschaut, aber ich nehme mir jeden Tag aufs Neue vor, das Chaos mal zu bändigen, aber wenn ich dann nach zehn Stunden auf den Beinen nach Hause komme und

Levi versorgt habe, falle ich nur noch wie tot in die Polster. Meistens bin ich beim abendlichen Vorlesen eher eingeschlafen als er. Ich komme einfach nicht zum Aufräumen und wenn ich mal Zeit habe, dann denke ich, ach, es ist doch schöner und sinnvoller, raus in den Park und auf den Spielplatz zu gehen und alles bleibt, wie es ist. Also, tut mir leid, dass es hier so unordentlich ist. Wir kriegen aber sowieso nicht viel Besuch, eigentlich nur meine Mutter und die sagt schon seit Jahren nichts mehr dazu."

Eduard schaute auf und dachte an sein Atelier, das es nicht mehr gab. Es hatte sich durch eine ähnliche Unübersichtlichkeit ausgezeichnet. Der Gedanke stach wie der Wedel einer Palme in sein Inneres.

„Ein bisschen Chaos ist nicht nur erfrischend, sondern fördert auch die Kreativität", sagte er dann, über sich selbst erstaunt, weil er früher mit sich und seinen angeblichen Mängeln viel härter ins Gericht gegangen wäre. Offenbar eröffneten große Verlusterfahrungen neue Perspektiven und mehr Mitgefühl und Verständnis, sowohl für sich selbst als auch für seine Mitmenschen. Nun gut, manchmal sorgten sie auch für Verbitterung und Verzweiflung, aber es war offenbar schwer, an der unsortierten und dabei sehr charmanten Matilda etwas zu finden, was ernsthafte Kritik rechtfertigte. Sie schien das wahrzunehmen, denn sie nickte und lächelte.

„So hab ich das noch gar nicht gesehen. Na, dann kann sich ja die kreative Unordnung noch ein bisschen entfalten und ich hab genug Zeit, um ein leckeres Essen zu kochen und mit Levi zu spielen, bevor ich erschöpft ins Bett falle und ein neuer Tag mit neuen Aufgaben sich vor mir auftut. Komm mit ins Wohnzimmer, schieb die Spielsachen und Plüschtiere einfach beiseite. Levi wird mit mir als Vorbild das Aufräumen nicht besonders gut lernen, was?" Sie seufzte wieder, wie sie es am Telefon bereits getan hatte, aber diesmal schwang keine Erleichterung darin mit, sondern eher eine Verantwortung, die zu schwer für ihre Schultern wog.

Eduard folgte ihr in die Stube, in der sich das Chaos vom Flur fortsetzte. Hier herrschten Grün- und Türkisgrüne vor, aber eigentlich war alles so bunt, dass kein System und nicht einmal ein bestimmter Stil erkennbar waren. Wie aufgefordert erkämpfte er sich zwischen Plüschtieren, gemusterten Kissen mit Troddeln und einer halb nackten Puppe einen bescheidenen Platz auf der durchgesessenen Couch, deren orange-pinker Stoffbezug schon fadenscheinig war. Auch die braunen, mit messingfarbenen Nieten verzierten Armlehnen aus Kunstleder zeigten deutliche Gebrauchsspuren, sogar Risse und Stellen, an denen der Füllstoff herausquoll und das Holz darunter sichtbar war. Matilda schien das nicht peinlich zu sein. Auch nicht, dass sie das benutzte Frühstücksgeschirr – Haferflocken in Mandelmilch mit Obst in einer gestreiften Schale und einen vollgekrümelten Teller – erst beiseite räumen musste, um auf dem gekachelten Couchtisch Platz für die Getränke zu schaffen. Sie agierte elegant an den Stapeln von Büchern, aus denen Lesezeichen ragten, und eselsohrigen Zeitschriften vorbei, ohne einen hinunterzustoßen.

Eigentlich hätte das Innere der vollgestopften, unübersichtlichen Wohnung ein Gefühl von Enge und Verwirrung hervorrufen müssen, aber Eduard empfand es sogar als gemütlich und kuschelig. Hier wurde gelebt, geliebt, gestritten, gearbeitet und sich vergnügt, das sah man! Und Matilda bewegte sich in ihrem Chaos mit einer Behändigkeit und Geschmeidigkeit, dass es eine Freude war, ihr dabei zuzusehen. Leichtfüßig schritt sie über verstreute Legoteile und Buntstifte auf dem Boden hinweg, in beiden Händen jeweils eine Tasse voll dampfenden Kaffees balancierend, unter dem Arm trug sie eine bereits geöffnete, zerdrückte Keksschachtel. Ein Wunder, dass sie sich auf der offenen Küchenzeile, die ebenfalls bis auf den letzten Millimeter mit Zeug gefüllt war, überhaupt zurechtgefunden hatte, um einen Instantkaffee aufzugießen!

Als sie ihm gegenüber im Sessel saß, wirkte sie so aktiv, als würde sie noch immer durch den Raum laufen. Eduard lehnte sich zurück, wobei ihn ein Malbuch mit festem Einband in den Hintern pikte. Es war unbeschreiblich chaotisch hier drin, die ganze Luft vibrierte von Bewegungen. Ihm gegenüber saß eine schwer einschätzbare Fremde mit ganz eigenen Bedürfnissen und Vorstellungen, der er sich so fähig wie möglich verkaufen musste, um mal wieder ein paar Groschen Taschengeld zu verdienen. Schließlich wollte er irgendwann mit einem kleinen Sicherheitspolster weiterziehen können, das musste erst mal angesammelt werden. Er war ein bisschen aufgeregt.

Aber wie er verwundert feststellte, hatte er sich auch lange nicht so wohl gefühlt wie in dieser unperfekten Welt, in der er sich auf einem Feld beweisen sollte, das er noch nie zuvor betreten hatte.

„Also", begann Matilda, nachdem sie einen Schluck Kaffee genommen hatte, „ich brauche an den Wochentagen eine Betreuung für Levi von vier bis fünf oder sechs, manchmal länger, wenn ich Überstunden mache. Eigentlich passt meine Mutter in dieser Zeit, wenn der Hort geschlossen hat, auf ihn auf, aber die ist gestürzt und momentan ans Bett gefesselt. Ich arbeite auch samstags, da müsstest du von acht bis zwölf hier sein und Levi sinnvoll beschäftigen. Vielleicht mit einem Spaziergang oder einem Brettspiel? Er spielt gern Strategiespiele."

Eduard dachte nach. Blöde Arbeitszeiten, der Verdienst ein Witz, denn auch Matilda verdiente wahrscheinlich ihren eigenen Witz mit ihrem Knochenjob, den sie Levis wegen bereits auf ein noch gerade so vertretbares Maß an Teilzeit heruntergeschraubt hatte. Dazu eingeschränkte Wochenenden, die aber sowieso keine Rolle spielten, weil keine Familie und auch sonst niemand auf ihn wartete. Unberechenbare mögliche Überstunden, eine Tätigkeit auf Abruf, zeitlich befristet – in einigen Wochen, wenn die Mutter wieder auf den Beinen war, würde sich dieser Job wohl erledigt haben.

Ganz zu schweigen davon, dass er keine Erfahrungen mit kleinen Kindern besaß. Weder wusste er, wie man mit ihnen sprach, noch, was man mit ihnen spielte. Die wenigen reichen Erben, die ihm Modell gesessen hatten, waren mit Mutter oder

Nanny gekommen und von denen entsprechend bei Laune gehalten worden. Für ihn waren sie immer wie leblose Statuen gewesen, die wenige Scherereien machten – und wenn sie es taten, war nicht *er* derjenige, der sie wieder in den Griff bekommen musste. Noch nie hatte er eine solch unberechenbare Tätigkeit für so wenig Geld ausgeübt und mit Kindern, diesen rätselhaften, unbekannten Wesen, hatte er gleich überhaupt nichts zu tun.

„Ich würde es gern machen", hörte er sich sagen. Matilda sprach weiter, als hätte sie ihn nicht gehört. Immer wieder nahm sie kleine Schlucke von ihrem Kaffee, wie jemand, der es eilig hat, die Tasse leerzukriegen.

„Mir sind Referenzen und Abschlüsse egal, aber wichtig ist mir, dass du ein Herz hast und gute Werte vertrittst. Levi soll sich mit dir wohlfühlen und du dich mit ihm. Das reicht mir als Qualifikation." In ihren Worten, ihrer Stimme, ihrem Blick lag so viel Liebe, dass es Eduard, der immer bewundert, aber selten um seiner selbst willen geliebt worden war, das Herz in der Brust zusammenzog. Sie plapperte weiter.

„Ist das eigentlich okay, dass ich dich duze? Ich denke, heutzutage macht dieses gestelzte Höflichkeitsgelaber nichts mehr her … Es stört den echten

Austausch. Ich freue mich jedenfalls, dass du angerufen hast und diesen Job machen willst, auch, wenn ich nicht viel dafür zahlen kann und trotzdem absolute Zuverlässigkeit erwarte. Ist mir selbst klar, wie absurd das klingt ... Macht dir das viel aus oder ist es okay für dich? Ich stecke selbst in Zwängen, die ..." Sie redete ununterbrochen, wartete auch keine Antworten auf ihre Fragen ab und stockte dann. Schob sich ihre Brille auf der Nase zurecht und strich sich das Haar aus der Stirn.

„Oh Gott", sagte sie, „ich quatsche wie ein Wasserfall. Was ist mit dir? Erzähl mir von dir!"

„Ich bin ein ziemlich langweiliger Typ, über den es nicht so viel zu sagen gibt", wich Eduard aus. Es fiel ihm tatsächlich schwer, etwas zu finden, worüber er plaudern konnte. Denn wer war er, wenn er kein berühmter Maler war? Was von seiner einstigen Identität war überhaupt übriggeblieben?

„Ich mag schöne Dinge", sagte er dann. „Die Natur, die Kunst, die Fröhlichkeit und Unbeschwertheit von Kindern." Das war die Wahrheit, er konnte es ruhigen Gewissens behaupten. Er umschiffte damit seine persönlichen Klippen und blieb trotzdem glaubwürdig.

„Ich würde es gern machen", wiederholte er. Ihre ganzen Rechtfertigungen und Erklärungen ließ er unangetastet im Raum stehen. Sie waren für ihn so unwichtig, dass sie der Mühe einer Reaktion nicht lohnten. Irgendwie war das Gefühl, einmal ziemlich sicher zu spüren, was man selbst wollte, ein ziemlich gutes.

Und unbekannt!

Er musste es scheinbar erst üben.

„Für dich spricht, dass es für mich absolut notwendig ist, jemanden zu finden, wenn ich nicht meinen Job und damit meine Überlebensbasis verlieren möchte, denn der Ausfall meiner Mutter ist für mich eine Katastrophe. Und du bist leider der einzige Bewerber, auch, wenn diese Offenbarung meine Position in der Verhandlung schwächt", erwiderte Matilda. „Für dich spricht außerdem, dass du mir aufrecht, freundlich und vertrauensvoll vorkommst, weshalb ich gewillt bin, dir mein Kostbarstes anzuvertrauen. Als dritten Fürsprecher brauchst du aber noch Levi, denn ich werde niemanden nehmen, gegen den er sich mit Händen und Füßen wehrt. Weißt du, Kinder haben ein gutes Gespür dafür, wer es mit ihnen ehrlich und gut meint, die Sympathie nimmt da keine verschlungenen Umwege, sondern sie offenbart sich ganz direkt."

Eduard hätte sich unbehaglich fühlen müssen angesichts dieser Androhung einer kindlichen Überprüfung. Aber so empfand er nicht. Er dachte daran, dass er mit dem Jungen im Park die Enten füttern würde ... Dass er ihm zeigen würde, wie man mit wenigen Strichen eine Katze oder ein Kaninchen malte ... Dass er begierig darauf war, zu erfahren, welche Buch- und Filmhelden Grundschulkinder fesselten. Er freute sich auf diese Neue Welt, die ihm vielleicht Einlass gewähren und ihn damit von seiner immer noch unterschwellig prekären Situation ablenken würde. Er war sich plötzlich sicher, dass der ihm noch unbekannte Levi sein Vorhaben, gemeinsam Zeit zu verbringen und damit wie nebenbei die Geldbörse ein bisschen zu füllen, nicht boykottieren würde.

Und das tat er auch nicht. Levi war ein ruhiges, schüchternes Kind mit ebenso schwarzen Haaren wie seine Mutter, das schmalbrüstig und schmächtig in der Gegend herumstand wie ein Paket, das vom Wagen des Zustellers gefallen ist. Mit erstaunlich klugen und sehr blauen Augen hinter einer dunklen Brille blickte er um sich, als würde ihn alles, was er sah, in Erstaunen versetzen. Er hatte lange Wimpern, bleiche Wangen und einen großen Superman-Druck auf dem T-Shirt.

Eduard, der den verwöhnten reichen Blagen, die in ihrem feinsten Zwirn vor ihm posiert hatten, nie etwas hatte abgewinnen können, weil sie aufdringlich, laut und egozentrisch waren, mochte diesen sensiblen Jungen, der zu jung für sein Alter zu sein schien, auf Anhieb. Und deshalb konnte er ihm auch ein ehrliches, aufrichtiges Lächeln schenken.

„Ich bin Eduard", sagte er. „Früher war ich mal Künstler, aber jetzt mache ich eine Pause, weil mir die Ideen ausgegangen sind, und deshalb würde ich gern auf dich aufpassen, damit deine Mama arbeiten gehen kann. Du könntest mir vielleicht ein paar Anregungen geben, wie mir neue Ideen einfallen. Wenn wir uns gut vertragen und du dich mit dem Vorschlag, dass wir gemeinsam Zeit verbringen, anfreunden kannst, versteht sich."

„Was hast du denn gemalt?" Fragte Levi.
Er war nicht im Mindesten so gehemmt, wie er beim ersten Eindruck gewirkt hatte. Auch in seinem Blick und seiner Stimme steckte etwas von der selbstsicheren Forschheit, die Eduard auch schon bei Mathilda wahrgenommen hatte. Der Junge, das war klar, beobachtete sehr präzise und genau – und er zog kluge Schlüsse.

„Menschen", gab Eduard zurück. Mehr wollte er nicht sagen, um nicht ins Detail gehen und seine dumme, selbst verschuldete Lage ansprechen zu müssen. Aber Levi hakte nicht nach, er nickte nur. Und er fragte auch nicht nach dem Status des Erfolges, was ein Erwachsener mit Sicherheit als Nächstes hätte wissen wollen. Für ihn war ein Künstler wohl ein Künstler, ganz gleich, ob berühmt und reich oder völlig unbekannt und verarmt. Hauptsache, er malte.

„Menschen sind interessanter als Dinge oder Blumen", sagte der Junge. „Weil sich ihr Gesicht ständig ändert. Sie bewegen sich, auch, wenn sie stillstehen. Legosteine und Puppen tun das nicht."

„Das hast du gut beobachtet", stimmte Eduard zu. „Blumen tun das zwar auch, aber sehr viel langsamer. Und nicht so vielseitig. Sie wachsen, blühen auf und vergehen wieder, was auch ein Wandel ist, aber es nicht das Gleiche, da hast du recht."

Er nahm wahr, dass Matilda ihren Sohn und dessen potenziellen Betreuer sehr aufmerksam im Blick behielt. Ihr entging keine körpersprachliche Regung und kein Unterton in der Stimme. Trotzdem entspannte er sich. Er spürte deutlich, dass Levis Interesse längst geweckt war. Sie sprachen eine ähnliche Sprache, die auch gemeinsamen Aktivitäten den Weg ebnen würde.

„Warst du gut als Maler?", fragte Levi weiter. „Ich kriege in der Schule nur Dreien oder Vieren für meine Bilder, weil meine Lehrerin nie zufrieden ist."

„Das ist schade", gab Eduard zurück. „Wir können uns ja mal näher anschauen, woran das liegen könnte. Ich glaube, ich war ganz gut, ja."

„Hat es dir Spaß gemacht, das Malen?"
Eduard überlegte. Er wollte ehrlich antworten.

„Manchmal schon", erwiderte er. „Eigentlich meistens, aber ich hätte vielleicht gern mal was anderes probiert. Nicht immer dasselbe – Menschen, die ein schönes Bild von sich haben wollten." Ihm wurde bewusst, wie eng und einseitig sein Sujet gewesen war. Niemals Landschaften, Blumengestecke, abstrakte Gestalten, Tiere mit feiner Fellzeichnung oder irgendeins der anderen Themen, die das Leben bot. Immer nur prestigeträchtige Gesichter nach einem vorgefertigten Schema F und mit einer ganz gewissen Aussage, die ebenso gleichförmig wie uninspiriert war!

„Ist deshalb dein Kopf jetzt zu erschöpft, um neue Ideen zu haben? Oder warum hast du aufgehört, wenn du gut warst und es dir meistens Spaß gemacht hat?"

Wieder dachte Eduard nach. Ihm war nicht klar, warum es ihm so wichtig war, die Frage ernsthaft zu beantworten. Vielleicht tat er es, weil Levi ganz selbstverständlich erwartete, eine ehrliche Antwort zu bekommen, aber vielleicht wollte er auch nur die sich ihm plötzlich bietende Chance nutzen, für sich selbst Erkenntnisse zu begreifen, die vorher im Dunkeln gelegen hatten. Er hörte, dass seine Stimme zitterte, als er antwortete.

„Ich habe aufgehört, weil ich keine Farben mehr sehen konnte", sagte er.

Levi nickte wieder.

„Das verstehe ich gut", sagte er. „Es ist, wie wenn Mama abends nach dem Vorlesen das Licht ausmacht und es im Zimmer dunkel ist. Das Licht von der Straßenlaterne scheint zwar hinein und man kann die Umrisse der Möbel und so etwas noch sehen. Es wirkt alles so, wie am Tage, doch es ist auch wieder ganz anders. Gruselig und fremd, denn auch, wenn man Dinge noch erkennt, ist es in Wahrheit um einen herum ganz dunkel. Ich sehe dann auch keine Farben mehr und ich warte auf den Morgen, bis es wieder hell wird und die Farben zurückkommen. Sie fehlen mir in der Nacht."

Eduard fühlte sich auf erstaunliche und beruhigende Weise von diesem eigenartigen Zehnjährigen verstanden. Diese kindliche Sicht, der meistens die gefürchteten Monster unter dem Bett in der Nacht folgten, tröstete ihn auf eine Weise, wie es kein Kunde, Kollege oder Therapeut jemals hätte tun können.

Hoffnung flackerte auf – oder etwas, das mit ein bisschen Stärke und Überzeugung zu einer Art Hoffnung würde wachsen können. Zum ersten Mal seit dem verheerenden Morgen, an dem sein perfektes Bild sich in ein größtmögliches Desaster verwandelt hatte, überkam Eduard die Idee, dass es nach dem Scheitern auch in eine andere Richtung gehen konnte als nur die nach unten. Es fühlte sich an, als würde man nach Monaten auf offener, stürmischer See in einen Hafen einlaufen. Als sei ein Ring um seine Brust gesprengt worden.

„Ich würde gern auf dich aufpassen", sagte er nun zum dritten Mal, aber diesmal direkt an den Jungen gerichtet. Dann drehte er sich zur Mutter herum, deren Mund ein kleines Lächeln umspielte.

„Ich hab nichts dagegen", sagte Levi und ging in sein Zimmer zurück. Er stibitzte sich keinen Keks vom Tisch – Eduard hätte das als Kind ganz bestimmt getan, vermutlich sogar zwei oder drei. Die Kinder, die in seinem Atelier hochnäsig zu ihm herübergeblickt hatten, hätten sich wohl sogar die ganze Packung gekrallt und dann auch noch empört gefragt, warum schon Gebäck fehlte und wer zum Teufel die Frechheit besessen hatte, sich daran zu bedienen.

„Du hast den Job", sagte Matilda.

Schwer zu sagen, wen sie damit glücklicher machte. Er konnte ihre Erleichterung spüren, verlor sich aber auch bisschen in der Freude auf die kommenden Wochen, denn er war neugierig darauf, die Welt dieses Kindes zu entdecken. Und die Welt mit den Augen dieses Kindes zu entdecken – eines Kindes, welches das Gefühl, alle Farben um sich herum verloren zu haben, seltsamerweise kannte. Wenn auch eher sinnbildlich als real war es doch die Ebene eines Erlebens, auf der man sich treffen konnte.

Eduard fühlte sich nicht mehr ganz so hundsmiserabel einsam. Er nahm sogar ein verlockendes, verheißungsvolles kleines Glühen in seinem Inneren wahr.

Sein Lächeln war so wahrhaftig wie der Händedruck, mit dem sie das für alle beteiligten Seiten ersprießliche Arbeitsverhältnis besiegelten.

„Danke", sagte er und meinte es von Herzen.

„Danke", erwiderte sie und wirkte ebenfalls, als sei ihr eine Last von den Schultern genommen worden, die sie gleich noch aufrechter stehen ließ, obschon sie sich offenbar sowieso keine Schwächen erlauben konnte.

Neue Fähigkeiten

Der in Sachen Haushalt und Kinderbetreuung nicht sehr versierte Eduard betrat völliges Neuland.

Früher hatte eine ganze Schar an beflissenen Arbeitskräften für ihn zur Verfügung gestanden, die sich um alles kümmerten: Eine Putzfrau hatte das luxuriöse Anwesen geputzt, eine weitere Haushaltshilfe hatte einmal am Tag eine appetitliche Mahlzeit und zwischendurch allerlei Snacks gezaubert. Er hatte Leute beschäftigt, die für ihn einkauften, den Eingangsbereich fegten und die stolze Automobilsammlung pflegten. Eduard hatte nur wenige der profanen Tätigkeiten selbst erledigen müssen und entscheiden dürfen, welche Aktivitäten er abgab und an welchen er genug Spaß fand, um sie selbst zu übernehmen. Das waren nicht viele Tätigkeiten gewesen, denn er hatte es schon als Gipfel der Zumutung empfunden, sich selbst ein Sandwich mit Schinken und Käse zu belegen, weil die Köchin gerade mit dem Menü für eine Abendveranstaltung beschäftigt gewesen war.

Es dauerte deshalb eine Weile, bis Eduard die Dinge leichter von der Hand gingen und sich so etwas wie eine Routine entfaltete.

Levi, der Selbstständigkeit offenbar gewohnt war, tat sich da nicht so schwer: Er konnte Nudeln und Kartoffeln kochen und eine Fertigsoße dazu aufwärmen. Er hielt sein Zimmer in Ordnung, chaotisch zwar, aber trotzdem sauber. Er musste nicht dazu angehalten werden, sich hinzusetzen, um seine Hausaufgaben zu erledigen, sondern nahm sich diese Arbeit täglich selbst vor. Wenn er fertig war, schob er Eduard, der stumm und geduldig am Tisch saß und dabei zuschaute, wie der Zehnjährige über den Aufgaben brütete, das Heft hinüber, um die Richtigkeit seiner Ergebnisse prüfen zu lassen.

Eduard wurde nie langweilig, obwohl er selbst tatenlos herumhockte. Aber es war ein schöner Moment, wenn sich der Blick des eben noch im Dunklen tappenden Kindes erhellte, weil es eine Lösung für eine besonders schwierige Aufgabe gefunden hatte. Er liebte diese Momente und konnte sich nicht daran sattsehen.

Auch abseits der von Matilda zum Aufwärmen vorbereiteten Mahlzeiten und schulischen Verpflichtungen wurde ihnen nicht langweilig. Sie suchten sich draußen einen Platz im Grünen, wo sie Fußball spielten oder um den Teich herumspazierten.

Bald begrüßten sie die Enten, wenn sie den Park betraten, weil die Tiere wussten, es würde etwas Leckeres geben, das sie in Jackentaschen und Beuteln mitbrachten.

An Regentagen verkürzten sie die Ausflüge auf ein kurzes Luftschnappen (aber sie ließen sie niemals aus, denn Eduard hatte gelernt, dass seine künstlerische Arbeit besser lief, wenn er sie mit Pausen an der Luft und Bewegung verband), doch diese Tage waren ebenso ereignisreich und angenehm wie die sonnigen. Sie saßen dann malend, puzzelnd oder Rätsel lösend am Küchentisch oder spielten Brettspiele und Karten. Manchmal lagen sie auch in einstimmigem Frieden vereint vor der Glotze und sahen sich einen Zeichentrickfilm aus dem Kinderprogramm an.

Levi mochte das Weltall und die Tiefsee – jene unbekannten Gebiete, die der Menschheit trotz aller Bemühungen nach wie vor in weiten Teilen verborgen geblieben waren. Er baute an einem Modell des Sonnensystems und lechzte nach jeder Information, die er bekommen konnte. Auch sammelte er die Nachbildungen bunter Meereslebewesen, besonders Haie, Tintenfische und Quallen.

Sein Bett zierte eine ganze Armada an entsprechenden Stofftieren und auch im Wohnzimmer stieß man immer mal wieder auf einen neongestreiften Nemo oder eine Muschel, die bei einem der früheren Urlaube gesammelt worden war.

Levi war wissbegierig und doch von einer ruhigen, besonnenen Art, die es ihm in der Schule nicht leicht machte. Weil er sich selten zu Themen äußerte, ahnten seine Mitschüler nicht, wie viel er wusste und über wie viele Dinge er sich Gedanken machte. Sie hielten ihn für „komisch" und abweisend, hatte er Eduard in einer stillen Stunde anvertraut. Es hatte schon mehr als ein Elterngespräch diesbezüglich stattgefunden und die Lehrerin bemühte sich nach Kräften, den verschlossenen, sensiblen Jungen besser in die Klassengemeinschaft einzubeziehen, doch bisher hatte keine Maßnahme gefruchtet. Es war, als stünde eine unsichtbare Mauer zwischen Levi und den anderen Kindern, die von keiner Seite zu überwinden war. Levi litt darunter, auch, wenn er es nicht aussprach.

Immer, wenn Eduard ihn vom Hort abholte und fragte, wie sein Tag gewesen war, sagte Levi „gut", doch Eduard, der erspüren konnte, ob dies zutraf oder eben auch nicht, bohrte nach. So auch an diesem Dienstag, an dem Levi mit einem Turnbeutel zur Schule gegangen, aber ohne wieder zurück nach Hause gekehrt war.

„Wo sind deine Sportsachen, Steuermann?", fragte er, dem Kind helfend, sich von seiner Jacke zu befreien.

„Ich hab sie verloren", sagte Levi und wollte in sein Zimmer gehen, um den Ranzen wegzubringen. Eduard folgte ihm und sah ihm dabei zu, wie er Bücher, Hefte und Federmappe aus der Tasche holte. Offenbar wollte das Kind am liebsten zur gewohnten Tagesordnung übergehen und sich überhaupt nicht äußern, wie seine fest zusammengepressten Lippen zeigten. Levi verlor nie etwas, er war äußerst gewissenhaft. Eduard blieb im Türrahmen stehen und bemühte sich um einen neutralen Tonfall, obwohl die Wahrheit, die er bereits erahnen konnte, ihn sehr bekümmerte und auch wütend machte.

Als stumme Aufforderung, sich ihm anzuvertrauen, legte er Levi die Hand auf die Schulter, als dieser sich an ihm vorbeidrängeln wollte, die Schulsachen an die Brust gepresst, als könnten sie Halt und Trost spenden.

„Ich kaufe dir alles neu", sagte er.
Das würde nicht einfach werden, weil er sein knappes Budget sorgsam behandeln musste, aber

das war die erste Lösung zum Problem, die ihm einfiel.

„Das wird nichts helfen, denn darum geht es nicht", sagte Levi und ging ins Wohnzimmer, wo er seine Sachen auf dem Esstisch ausbreitete, bevor er sich ein Wasser holte und daneben stellte.

„Worum geht es dann?" Eduard schnitt betont gleichgültig etwas von der Minze ab, die in einem Kräutertopf im Fensterbrett stand, und warf sie in Levis Glas. „Wenn es *nicht* darum geht, dass du in der nächsten Sportstunde wieder Turnsachen zur Verfügung hast oder darum, dass dein Lieblingsbeutel mit dem großen Blauwal vorn drauf nicht mehr da ist, worum geht es dann?"

Levi senkte den Kopf und blickte auf die Tischplatte. Er konnte gewiss nicht mehr klar sehen, weil seine Augen von Tränen glänzten. Und er nahm nichts wahr, nicht das schäbige Holz, nicht seine Rechenaufgaben, nicht das Glas, in dem kleine grüne Blättchen schwammen. Er war in eine ganz andere Welt und andere Zeit zurückgerutscht – eine Welt, die viel Schmerz für ihn bereithielt und eine Zeit, die er am liebsten vergessen hätte. Wenn sie sich nicht ständig wiederholen würde! Eduard sah all das und noch mehr.

„Die anderen Jungs haben mir die Turnsachen weggenommen und sie ins Klo gestopft. Ich mochte sie da nicht rausholen und mitnehmen, sie waren sowieso versaut. Es *ist*, als ob ich sie verloren habe." Leise, zitternde Stimme. Blaue Augen unter schwarzem Haar, die Wangen gerötet, die Brille verschmiert. Eduard hätte ihn am liebsten in den Arm genommen, aber er wusste, dass das wenig helfen würde. Weder würde es dazu führen, dass die Klasse Levi künftig als Mitglied anerkannte, noch würde es sein Selbstvertrauen genügend stärken, um in Zukunft bei Angriffen mutig zurückzuschlagen. Eduard setzte sich ebenfalls an den Tisch.

„Sie ärgern dich schon lange, oder?"

„Seit der ersten Klasse. Ich weiß nicht, was ich getan habe, es ist einfach so passiert. Ich weiß auch nicht, was ich anders machen soll, damit sie aufhören. Wenn ich weine, lachen sie bloß und wenn ich petze, kriege ich danach eine doppelte Abreibung. Sie mögen mich einfach nicht."

Eduard nickte. Er verstand das gut, sowohl, warum Levi sich so verloren und gedemütigt fühlte, als auch, warum er nicht begriff, wieso es gerade ihn so häufig erwischte. Oft waren in Gruppen die Schwächsten und Gutmütigsten die Sündenböcke, denen man alles in die Schuhe schieben konnte, was schieflief. Unter „schwach" verstanden Menschen manchmal fälschlicherweise alles, was sich von der Norm abhob – und das tat Levi, weil er schlauer und weicher war als die anderen. Obwohl er damit nicht hausieren ging, konnte man es nicht übersehen. Auf seine ruhige, besonnene Art stieß Levi damit auf Widerstand, denn er weckte nicht nur Misstrauen und Neid, sondern signalisierte auch, dass er Konflikten lieber aus dem Weg ging. Er war ein perfektes Opfer: Still, leidensfähig bis zum Mond und wieder zurück und immer zweifelnd, grübelnd, nachdenkend, ob nicht vielleicht doch er selbst es sei, der den Unmut der anderen provoziert hatte. Und sich deshalb eine Abreibung verdient hatte.

Er hätte Levi dies alles erklären können und Klarheit hätte vielleicht einen gewissen Trost gebracht – aber an der Situation änderte dies nichts. Es musste andere Wege geben.

„Wir könnten mit deiner Mama sprechen", sagte Eduard, „vielleicht hat sie einen Rat."

„Ich will nicht, dass Mama es erfährt, sie macht sich sowieso immer so viele Sorgen und hat selbst genug um die Ohren. Mit dem Geld und allem."

Davon wollte Levi nichts wissen. Gut, dann musste Eduard sich der Sache annehmen!

„Gut, dann rede *ich* mit deiner Lehrerin", schlug er spontan vor. „Diesen kleinen Schlägern müssen mal ein paar Grenzen aufgezeigt werden. Ich kann dir außerdem ein paar Judogriffe zeigen, um sich zu wehren. Ich hab in meiner Jugend mal Judo gemacht und bestimmt nicht alles vergessen."

„Ich würde mich doch nicht wehren, auch, wenn ich es könnte."

Dieser Satz klang lange nach. Es entsprach Levis sanftem Wesen, seinem Gegenüber nicht wehtun zu wollen, nicht einmal dann, wenn *er* das Opfer war. Es würde sehr, sehr lange dauern, bis die Grenze des für ihn Erträglichen überschritten war und er in einen wilden, um sich schlagenden Überlebensmodus geriet, der kein Maß mehr kannte. Vielleicht würde das nie passieren. Und es war auch keine so gute Idee, denn dann würde Levi vom Opfer zum Täter werden und alles Beteuern am Ende, er habe nicht angefangen, würde nichts bringen. Dann waren auch seine Hände beschmutzt und er hätte sich selbst, getrieben von Verzweiflung und Wut, ins Unrecht gesetzt. Gewalt war nicht mit Gewalt zu lösen und die Mutter durfte nichts erfahren, deren Rat blieb also auch außen vor. Schade, denn die patente, scheinbar furchtlose Frau hätte bestimmt eine Idee gehabt, wie diesem Problem zu begegnen war!

Gut, es musste ein anderer Vorschlag her!

Als Levi nach dem Glas griff, um einen Schluck zu trinken, zitterte seine Hand. Zwei Tropfen rannen seine Unterlippe hinab, die ebenfalls leicht bebte. Es gab ein helles „Klonk!", als er das Glas zurück auf den Tisch stellte.

„Ich rede mit deiner Lehrerin" wiederholte Eduard. Irgendwas musste er ja tun, um dem Kind zu helfen. Es war das Naheliegendste und wohl das, was seine Kunden getan hatten, wenn ihre Kinder von einer solchen Erfahrung berichteten. Er hatte sie manchmal darüber reden gehört. Immer galt es, Mitschüler, Lehrer und fremde Eltern „in die Schranken zu weisen", zuweilen wurden sogar Anwälte bemüht. Soweit wollte er nun nicht gehen, aber ein Gespräch mit der Klassenlehrerin konnte sicher nichts schaden, oder?

Levi nickte, doch sein Gesichtsausdruck wirkte, als hätte er gesagt: *Das wird sowieso nichts nützen.*

„Okay, abgemacht. Wäre doch gelacht, wenn wir das nicht in den Griff kriegen, hm?"

Bedrücktes Schweigen. Eduard fand, dass es nicht die richtige Situation war, um zur Tagesordnung überzugehen und sich nun um etwas so Bedeutungsloses wie Hausaufgaben zu kümmern. Das Kind brauchte ein Erfolgserlebnis! Eine glücklich machende Ablenkung! Und jede Menge positive Bestärkung, weshalb er aufstand und in der Küche nach Töpfen, Messern und Lebensmitteln kramte. Er setzte Wasser für die Nudeln auf und begann damit, frische Zwiebeln und Tomaten zu schneiden. Levi, der zögerlich und verwundert näherkam, forderte er auf, das Nudelwasser zu salzen und Basilikum zu hacken.

„Ich denke, du kannst nicht kochen?", fragte der Junge, während er dem Gewünschten nachkam.

„Bisher nicht, weil ich es nie probiert habe, aber was man nicht kann, kann man ja lernen", gab Eduard fröhlich zurück und schüttete Öl in die Pfanne, um die Zwiebeln anzuschwitzen.

„Wir haben neulich doch diese Kochsendung gesehen, da haben sie auch Tomatensoße zubereitet", sagte Levi. „Ich hab mir das meiste davon gemerkt."

„Prima. Und wenn uns ein Schritt nicht mehr einfällt, suchen wir im Internet nach einem Rezept und hangeln uns an den Schritten entlang. Im Nullkommanichts beherrschen wir die italienische Küche und dann wagen wir uns an die griechische und türkische. Der Schwierigkeitsgrad darf sich steigern, je mehr man ausprobiert hat und kann." Eduard warf eine ordentliche Portion Spaghetti ins Wasser. „Jedenfalls wird sich deine

Mama freuen, wenn sie heute Abend nach Hause kommt und ein gutes Essen auf dem Tisch steht."

„Dann hat sie weniger Arbeit und mehr Freizeit." Levis hübsche Züge wurden lebendiger, seine Bewegungen schneller.

„Und du lernst wieder etwas Neues, das darüber hinaus auch noch nützlich ist."

„Du auch!" Levi lachte.

„Man lernt immer und jederzeit!"

„Auch erwachsene Menschen?"

„Na klar!" Eduard reichte Levi Teller, Besteck und Gläser, die dieser sorgfältig auf dem Tisch arrangierte. Er suchte sogar nach Servietten in der Schublade, die er zu einem Gebilde faltete, das er als Fisch bezeichnete, und ein paar Teelichtern, die er zu einer Sonne arrangierte.

Gerade wollte Eduard ihn auffordern, die Soße zu probieren, die er großzügig gewürzt hatte, da hielt er inne. Die Tomatensoße, handgemacht. Die Servietten, verunglückte kleine bauchige Wesen, denen Levi schwarze Augen und Schuppen mit einem Filzstift aufgemalt hatte. Die Teelichter in Sonnenform, bald strahlend, wenn sie entzündet wurden: War das nicht alles Kunst? War Kunst nur das kreative, schöpferische Gestalten vor einer Staffelei, bei dem am Ende ein Ergebnis stand, das man an die Wand einer Galerie hängen und in

einer Vernissage mit wichtigen Leuten promoten konnte? Oder war nicht vielmehr jede Art von kreativem Gestalten Kunst? Wenn jemand Setzlinge in einem Beet arrangierte … Sich morgens die farblich passende Kleidung wählte und mit passendem Schmuck kombinierte … Ein paar Tulpen in einer Vase arrangierte …
War das nicht alles Kunst?

Stricken, häkeln, basteln, bauen, gestalten, modellieren, erschaffen, kreieren, knüpfen – im Grunde war doch *alles* auf eine ganze eigene Art Kunst, was die Hände und das Hirn gleichermaßen beschäftigte und etwas Neues in die Welt brachte!

Eduard, der sich für den Moment wieder als ein Künstler fühlen durfte – der Erschaffer einer verlockend duftenden Tomatensoße nämlich – griff nach seinem Notizbuch, um all die Tätigkeiten aufzuschreiben, die ihm gerade eingefallen waren. Er hatte sie nie unter „Kunst" einsortiert, weil seine Definition des Begriffs eine ganz andere gewesen war. Eine ziemlich arrogante, wie er sich eingestehen musste!

Aber nun sah er es deutlich: Jedem Bauwerk, jedem Bild und auch jeder Tomatensoße haftete etwas Schöpferisches an, das dem menschlichen

Dasein seine Banalität nahm und mit etwas Kostbarem auflud, das sich kaum in Worte fassen ließ! Menschen erschufen in vielen Augenblicken ihres Lebens kleine und große Kunst! Sie taten es in ihren Häusern und Gärten, an ihren Arbeitsplätzen, in Verbindung mit anderen Menschen und draußen in der Natur! Auch die Natur selbst erschuf großartige Kunstwerke! Oder wollte jemand beim Anblick einer stattlichen Eiche mit ihren filigranen Blättchen und ihrer Fähigkeit, den kalten Winter im Schlaf zu überleben, daran zweifeln?

„Was machst du da?" Levi schaute Eduard neugierig über die Schulter, die Suppenkelle und eine Nudelzange in der Hand.

Eduard antwortete nicht. Er war so im Fluss und begierig darauf, keinen Gedanken entschlüpfen zu lassen, dass er auch nicht mitbekam, wie Levi den Herd herunterdrehte, damit die so gelungene Soße nicht anbrannte.

„Wie manche Leute die Bücher in ihren Regalen aufreihen ist auch Kunst", steuerte Levi einen eigenen Gedanken bei. „Und meine Mama kann sich so schminken, dass sie nachher noch viel schöner aussieht, wie eine Märchenprinzessin."

Eduard schrieb und schrieb. Es beglückte ihn sehr, zu erkennen, dass er die Kunst keineswegs verloren hatte – und sie sich von ihm auch nicht abgewendet hatte. Wenn er es wollte und aufmerksam genug dafür war, dann bot sich ihm das kreative Gestalten auf tausend verschiedene Arten und in tausend verschiedenen Ausprägungen an!

Es war, wie einen lieben Menschen wiederzusehen, von dem man nicht mehr geglaubt hatte, dass er noch lebte. Eduard schloss seine Fähigkeit, Kunst zu kreieren, in die Arme, indem er leuchtend rote Soße über die Nudeln goss, die eine sehr hungrige Matilda höchst zufriedenstellen würde!

Gemeinsam betrachtete er mit Levi, dessen Laune sich ebenfalls deutlich verbessert hatte, sein Werk.

„Morgen gibt's Cevapcici", sagte er grinsend, weil er sich so frei und froh fühlte, dass er die ganze Welt hätte in die Arme schließen mögen, jedenfalls für einen kleinen Moment. „Ich weiß zwar noch nicht, wie die gemacht werden, aber wir werden es herausfinden, was? Und wollen wir mal ein Brot selbst backen? In den gekauften sind immer so viele Aromen drin."

„Dann muss Mama uns ja gar nichts mehr vorkochen, was wir am nächsten Tag in der Mikrowelle warm machen!"

„Stattdessen kann sie sich aufs Sofa und die Füße auf den Tisch legen! Mit selbst gestrickten

Socken, denn auch *die* sind Kunst!" Eduard geriet in Fahrt. „Irgendjemand hat Zeit, Energie, Können und Herzenswärme investiert, damit deine Mama heute Abend nicht nur einen vollen Bauch, sondern auch warme Füße hat und über diese Socken freut sie sich jeden Tag aufs Neue! Was für eine schöne Erkenntnis! Was meinst du, Levi, sollen wir in Kürze mal schauen, ob wir euer Sofa wieder hinkriegen? Das sieht ja nicht mehr so frisch aus mit den ausgefransten Lehnen! Es gibt schöne Stoffe in diesem Handarbeitsladen um die Ecke, hab ich gesehen, als wir da neulich vorbeigelaufen sind. Wir könnten das Sofa neu beziehen und du suchst ein Muster aus! Oder wir nehmen weißen Stoff und bemalen es selbst!"

Levi klatschte vor Freude in die Hände. Na klar, bei einem handwerklichen Projekt war er sofort mit dabei!

Beschwingt lief Eduard zur Tür, als er hörte, dass sich der Schlüssel im Schloss drehte. Seine höfliche Frage, ob er Matilda die Jacke abnehmen sollte, ging in Levis begeistertem Gebrüll unter:

„Wir haben gekocht, Mama! *Gekocht!* Es wird dir bestimmt gut schmecken, denn diese Soße ist echte Kunst!"

Erste Lektion:

*Alles, was kreativ ist
und etwas
Neues, Gutes und Schönes
in die Welt bringt,
ist Kunst.*

Perspektiven

Wie versprochen suchte Eduard das Gespräch mit Levis Klassenlehrerin, um das Problem anzusprechen, das sich neudeutsch „Mobbing", nannte, aber unter allen Generationen von Schülern dem ein oder anderen schon am eigenen Leib widerfahren und daher sehr alt war, egal, wie man es nannte.

Er fragte sich nach Unterrichtsschluss zum richtigen Klassenzimmer durch und erwischte die noch recht junge Frau gerade, als diese nach ihrem Rucksack und dem Fahrradhelm griff, um den Raum zu verlassen. Sie hieß mit Nachnamen Bachmann, wie die berühmte Autorin, doch ihr Vorname war nicht Ingeborg, sondern Janina, wie Levi ihm unter dem Siegel der Verschwiegenheit anvertraut hatte.

Janina Bachmann trug eine weiße Bluse mit einem azurblauen und gelben Millefleur-Muster über einem beigefarbenen engen Rock und darunter farblich passende Sneaker. Sie war so hübsch, dass Eduard angesichts ihrer fein gezeichneten Züge und des akkurat gebändigten Haars, das in einem dicken, blonden Zopf über ihren Rücken hing, an sich halten musste, um sie nicht zu bitten, ihm Modell zu sitzen.

Er schalt sich einen Idioten. Er hatte kein Atelier mehr, keinen Pinsel, keinen Hocker, auf dem sie Platz nehmen konnte, nicht einmal einen Bleistift für eine grobe Skizze! Und erst recht verfügte er nicht mehr über dieses lässige Selbstverständnis, mit dem es ihm früher leicht gelungen war, Bewunderer, vor allem weibliche, um sich zu scharen. Frauen wie diese hatten sich seinem Charme und vor allem seiner Berühmtheit kaum entziehen können und waren rasch zu hingebungsvollen Fans mutiert, die hofften, sein heller Lichterglanz würde ein bisschen auf sie abstrahlen. Aber das war vorbei, sagte er sich. Wenn er nun jemanden überzeugen wollte, dann würde er Argumente dafür nutzen müssen, seine bloße Erscheinung reichte nicht mehr aus.

Diese Frau vor ihm wollte weder seine Aufmerksamkeit noch etwas von seinem einstigen Lichterglanz. Sie wirkte, als habe sie es ziemlich eilig und darüber hinaus schien sie nicht gerade die offenherzigste Person unter der Sonne zu sein. Unwillig und misstrauisch beäugte die den Fremden mit leicht zusammengekniffenen Augen, von dem sie wusste, dass er keiner ihrer Väter war, denn die kannte sie von den Elternabenden.

„Ich bin Eduard Schattschneider", beeilte er sich zu sagen, ohne ihrem kritischen Blick auszuweichen. „Ich bin der … äh … Onkel von Levi."

„Ich wusste nicht, dass Levi einen Onkel hat", antwortete sie und stellte den Rucksack wieder auf den Tisch. „Ich dachte, es gäbe nur die Mutter und die Großmutter."

„Ich war lange im Ausland und bin erst kürzlich zurückgekehrt", log Eduard, um weitere Nachfragen vorwegzunehmen. Oder war das gar nicht gelogen? Es kam ihm vor, als sei er tatsächlich aus einer anderen Welt herübergeflogen, die keinerlei Überschneidungen zu der neuen, in der er jetzt lebte, aufwies. Er hatte Lichtjahre hinter sich gelassen und Universen durchquert, auch, wenn er nur ein paar Tage lang mit einem Bulli der Nase nachgefahren war.

„Ich würde gern mit Ihnen über Levi sprechen, denn es gibt etwas, was ihm Kummer bereitet."

Sie machte eine wenig einladende Geste, doch er nutzte diese winzige Bewegung, um sich eingeladen zu fühlen. Ungefragt nahm er einen der Stühle von den Tischen und setzte sich hin, was seinen festen Willen, sich nicht abwimmeln zu lassen, demonstrierte.

Janina Bachmann ließ sich auf ihren gepolsterten Stuhl hinter dem Lehrerschreibtisch sinken.

„Warum machen Sie keinen Termin mit mir aus, sondern überfallen mich nach Schulschluss? Ich habe eigentlich etwas vor."

Nun, da sie bereits saß, war klar, dass sie ihren eigenen Termin sausen lassen würde, wie unwillkommen der Überfall, wie sie es nannte, auch war. Sie war, wenn auch unwillig, ganz Ohr.

Eduard ließ den Blick durch den Raum streifen: aneinandergereihte Tische mit Stühlen, Kinderzeichnungen an den Wänden, neben der Tafel ein Belohnungssystem mit Wäscheklammern und lachenden oder weinenden Smileys. Ein Waschbecken, neben dem sich bunte Becher stapelten. Ein Regal mit Büchern, ein Spielteppich, der schon bessere Tage gesehen hatte, eine Girlande und selbst gebastelte Blumen an den Fensterscheiben.

Es war ein schöner Raum, bunt und wohlgesonnen, doch Levi vermochte trotzdem nicht, sich hier entspannt und angenommen zu fühlen, wie Eduard wohl bewusst war. Er saß morgens zwischen all diesen bunten Ausdrücken von Lebensfreude mit eingezogenen Schultern in seiner Bank und würgte an einem riesigen Knoten im Hals. Er war verängstigt und zum Gotterbarmen einsam! Wusste diese Frau überhaupt davon, wie sehr der

Junge litt, sobald sie und ihre Kollegen ihm den Rücken zukehrten?

Er räusperte sich. Die Aufgabe war nun, neben den Fakten auch die Intensität und Dringlichkeit der Angelegenheit auf den Tisch zu bringen, ohne allzu sentimental zu werden. Und vor allem, ohne ihr Vorwürfe zu machen oder ihre Kompetenz anzuzweifeln. Eine wie sie reagierte darauf gewiss allergisch und das würde Levis Position nur noch weiter verschlechtern.

An den Blümchen auf ihrem Kragen hielt Eduard sich fest: Er stellte sich vor, dieses blasse zartgelb zu malen, umgeben von verschwommenem Grün, um die Blätter anzudeuten … Einen blauen Klecks, hastige, zarte Pinselstriche … Rasch berichtete er ihr von dem Vorfall mit dem Turnbeutel, bemüht, die Sache neutral zu schildern. Ihr Gesicht blieb hart, ihre Augen waren ausdruckslos. Für eine Grundschullehrerin wirkte sie ganz schön kalt.

„Das Problem ist nicht neu", unterbrach sie ihn, als er gerade erklären wollte, wie Levi sich fühlte und wie sehr er sich wünschte, dazuzugehören. „Diese Querelen gibt es schon lange in der Klasse und die Dynamik schaukelt sich hoch. Aber wir haben das im Griff! Ihr Engagement in allen Ehren, aber wir wissen um diesen Konflikt und begegnen ihm mit wirksamen Maßnahmen." Es klang wie: *Lassen Sie uns mal machen, das geht Sie überhaupt nichts an!*

„Diese Gruppe von Jungs, die Levi öfters piesackt, hat seinen Turnbeutel samt Inhalt in der Toilette versenkt", gab Eduard zurück. Dieser böse Streich war ebenso einfallslos wie alt – schlimm genug, dass Levi ihn trotzdem erleben musste. Und noch schlimmer, dass ihm offenbar nicht die Hilfe zuteilwurde, die er brauchte, um seine Lage zu verbessern!

„Niemand hat es gesehen und niemand wird zur Rechenschaft dafür gezogen! Und das passiert nicht zum ersten Mal! Letzte Woche haben die Jungs alle seine Stifte zerbrochen! In der Woche davor ein männliches Geschlechtsteil mit Edding auf seine Unterwäsche gemalt! Levi hat mir viel erzählt und kaum etwas davon war auch nur einigermaßen erträglich! Er ist wirklich in Not! Bislang ist nichts passiert, um die Kinder zur Vernunft zu bringen – von welchen Maßnahmen reden Sie also?"

„Ereignisse, die sich hier in der Schule abspielen, gehören nicht zum häuslichen Bereich", schnappte sie. „Wir bringen die Vorfälle – sofern Levi uns überhaupt darüber informiert, denn das tut er oft nicht, von kaputten Stiften weiß ich zum Beispiel überhaupt nichts …"

„Natürlich nicht, weil es ihn beschämt! Es sollte aber eher die Kinder beschämen, die das tun! Und man sollte sie dazu bringen, damit aufzuhören! Ist das nicht Ihre Aufgabe?"

„… – in der Klassengemeinschaft zu Sprache und reden darüber. Dann erfolgt eine Entschuldigung und in schweren Fällen eine Sanktion", fuhr sie unbeirrt fort.

„Was für Sanktionen?" Er ließ nicht locker. Die alte Wut, sein aufbrausendes Temperament. Er kochte, nicht gerade zu Levis Vorteil, wie er befürchtete.

„Die bekritzelte Unterhose brachte dem Drahtzieher eine Woche Tafeldienst ein."

Eduard lehnte sich ruckartig zurück. Er konnte es nicht fassen.

„Tafeldienst? Das ist alles? Eine Tätigkeit, die im Idealfall sowieso zu den Aufgaben der Schüler gehört und nicht im mindestens einer echten Strafe entspricht?"

Janina Bachmann funkelte ihn an und lehnte sich so weit nach vorn, dass es sich fast schon unangenehm anfühlte.

„Wir *bestrafen* hier nicht", sagte sie. „Das Wohl aller Schüler liegt uns am Herzen und wir *erziehen* mit Liebe, Verständnis und Geduld."

„Und was ist mit Levis Wohl? Er hat Angst! Er geht mit Bauchschmerzen zur Schule und hat auch schon in seinen Leistungen nachgelassen, obwohl er ein cleverer kleiner Kerl ist, der sich für viele Dinge interessiert! Wie soll das weitergehen, wenn den Tätern nicht vermittelt wird, dass manche Aktivitäten ernste Folgen für sie haben?"

Nun war sie in die Ecke gedrängt, denn sie schoss aus der Defensive heraus und schmückte ihre Worte mit pädagogischem Blabla aus. Jeder Satz fachte weitere Wut in Eduard an und am Ende ihrer Tirade hätte er am liebsten einen der Stühle durch die Gegend geworfen. Das falsche Bild, das seine Lehrerin von Levi zeichnete, erinnerte ihn schmerzhaft an seine eigene Erfahrung, plötzlich vom Sockel des Angehimmelten gestoßen worden und zum Paria gemacht worden zu sein, ohne den geringsten Einfluss auf diese Entwicklung nehmen zu können.

„Levi ist selbst nicht immer unschuldig an den Vorfällen", sagte sie, ohne die „Vorfälle" rundheraus als das zu bezeichnen, was sie waren: Angriffe.

„Er reizt mit seiner Art seine Mitschüler, weil er Unnahbarkeit und Arroganz ausstrahlt", erklärte Janina Bachmann voller Überzeugung. Eduard riss die Augen auf.

„Arroganz? Haben Sie diesen Jungen tatsächlich schon einmal wirklich wahrgenommen? Nichts an ihm ist arrogant und das, was wie Unnahbarkeit wirkt, ist blanke Angst!"

„Es wirkt aber so", beharrte sie. „Wenn er eine Antwort weiß, meldet er sich nie, obwohl alle wissen, dass er es weiß und sich fragen, warum er sich nicht beteiligt. Er spielt nie mit den Jungs Ball, tobt auf dem Spielplatz nicht herum, steht stumm in der Ecke und reagiert nicht, wenn er angesprochen wird. Da ist es doch kein Wunder, dass die Mitschüler denken, er möchte überhaupt keine Freundschaften pflegen."

„Das ist Ihr Ernst, oder?", fragte Eduard entgeistert. „Sie denken wirklich, die Persönlichkeit dieses Jungen passt einfach nicht in die Gesellschaft, weil er nicht laut und aufdringlich genug ist, um auf sich aufmerksam zu machen. Und dass es dann absolut in Ordnung ist, wenn er dafür gemieden und ausgebissen wird?"

„Das ist es natürlich nicht", brauste sie auf. „Aber wie gesagt, wir tun alles, was in unserer Macht steht, um die Wogen zu glätten und mehr

Verbindungen zwischen den Kindern zu fördern, mögen sie auch noch so unterschiedlich sein. Jedes hat seinen Platz und jedes wird in seiner Besonderheit gewürdigt. Aber wenn man im Leben bestehen will, muss man irgendwann auch lernen, seine Schüchternheit ein bisschen abzulegen und sich auf andere Menschen einzulassen."

Eduard schwieg. Er hatte weder von Pädagogik noch im Umgang mit eloquenten Menschen besonders viel Ahnung, doch sein Gefühl sagte ihm, dass diese Sichtweise ganz und gar falsch war. Er konnte die Angst, die Levi angesichts der Situation und kaum unterstützt von den Erwachsenen fühlte, beinahe am eigenen Leib spüren.

„Levi ist ein zartes Kind, dessen Qualitäten nicht auf den ersten Blick ins Auge springen", sagte er nach einer langen Weile. „Er geht in einem solchen Umfeld zugrunde."

„Was glauben Sie, was an den weiterführenden Schulen abgeht?" Janina Bachmann blinzelte. „Da wird es noch schwieriger für ihn werden, wenn er nicht jetzt die Mechanismen einer Gruppe versteht und durchschaut und sich ihnen anpasst." Sie hatte wohl nun ihre ersten tatsächlich wahren Worte gesprochen, denn genau das fürchtete Eduard auch. Er wusste selbst, wie gnadenlos später der Arbeitsmarkt sein würde und dass er alle, die nicht genug Ellbogen zeigten, mit einem überheblichen Hüsteln ausspie. Diese Grundschule, die eine beliebige war, war nicht das Problem, sondern nur das *Symptom* eines Problems. Der Fehler lag in der Gesellschaft selbst und zog sich durch alle Strukturen. Das Leben, wie es sich Ihnen anbot und die Welt, in der sie lebten, gestatteten nur wenig Platz zur Entfaltung und behielt keine Nischen für sensible Menschen vor, wie Levi einer war, um ihre persönlichen Talente zu entfalten.

Er verstummte, weil er nicht wusste, was er denken und fühlen sollte. Empörung und Wut, eine große, fast resignative Traurigkeit breiteten sich in ihm aus. Und Hilflosigkeit, weil er nicht wusste, wie Levi zumindest für den Moment praktisch zu helfen war. Sie war noch schlimmer, als die Hilflosigkeit, die er empfunden hatte, als er sein so grausam und geheimnisvoll entstelltes Bild hatte erblicken müssen.

„Man bräuchte eine Gesellschaft, in der zwischenmenschliche Werte eine größere Rolle spielen, als der schöne, aufgebauschte Schein einiger Einzelner, die sich auf einen Sockel stellen müssen", sagte er schließlich nach einer langen Zeit, selbst ahnend, dass er von einem unerfüllbaren Traum sprach.

„Das tut keins unserer Kinder!" Auch Janina Bachmann war auf ihre Weise empört. „Alle kriegen dieselben Chancen und Voraussetzungen und bei Bedarf fördern wir, wo es nötig ist."

„Ja, das sehe ich", brummte Eduard. Er hielt sich nur noch unter Mühen zurück, um keinen echten Konflikt zu provozieren, den nachher womöglich Matilda und Levi ausbaden mussten. Aber seine Bereitschaft zur Diplomatie war dahin. Die Atmosphäre war indes längst vergiftet: Sein Gegenüber starrte ihn an, als sei er ein Klumpen Schleim, den jemand auf die Straße gespuckt hat.

„Fördern heißt bei Ihnen, die Kinder, die nicht passen, so zu verbiegen, dass sie weniger Ärger machen? Und damit meine ich nicht die Rabauken, denn denen lässt man ja offenbar alles durchgehen. Anscheinend sorgen ausgerechnet die Ruhigen für Unsicherheit und Widerstand bei den Besserangepassten. Was für eine Ironie."

„Ich möchte Levi auch helfen", sagte Janina Bachmann, nun wieder ganz professionell und souverän. „Auch wenn Sie das vielleicht infrage stellen. Aber ich muss meine Arbeit nicht vor Ihnen erklären oder rechtfertigen. Ich muss vor allem dafür sorgen, dass ein reibungsloser Ablauf am Vormittag gewährt ist und im Unterricht möglichst erfolgreich der notwendige Stoff vermittelt wird."

„Aha, Stoff", sagte Eduard. „Wichtiger als alles sonst. Wie wäre es mal mit Lebenshilfestrategien, Muße, verständnisfördernden Begegnungen?"

„Wir haben unsere Lehrpläne und nach denen richten wir uns. Darüber hinaus fördern Gesprächsrunden und gemeinsame Unternehmungen das Miteinander und die Kommunikation." Ihre Stimme war so eisig wie ihr Blick.
Eduards Augen blieben an einer Katze hängen, die an der Pinnwand prangte. Sie war getigert und hatte sehr große Schnurrhaare, dafür aber keinen Schwanz. *So war das hier*, dachte er, hier wurden elegante und geschmeidige Wesen zu Krüppeln gemacht, denn eine Katze ohne Schwanz war nicht mehr fähig zu ihren waghalsigen Sprüngen. Sie war ihrer Freiheit und Eigenheit beraubt und in jeder Hinsicht eingeschränkt.

Und Janina Bachmann hatte recht, wenn es ihm auch nicht gefiel: Hier befand sich erst der Anfang eines langen Weges für Levi, für den es hart werden würde, sich in einer individualistisch geprägten, auf Leistung und Effektivität ausgerichteten Gesellschaft zu bewähren, deren Mechanismen er nicht verstand und deren Werte er nicht teilte.

Eduard hatte verstanden, wenn er auch im Grunde seines Herzens nicht akzeptieren wollte: Es *gab* keine Strategien im Rahmen dieses Systems, die Levi Erleichterung verschaffen konnten. Und dieses Schicksal würde sich durch sein weiteres Leben ziehen wie ein hässlicher schwarzer Faden, es würde in jedem System an Kanten und Ecken stoßen, das ließ sich gar nicht vermeiden. Das Leben war nicht freundlich zu Menschen, die nicht den Mut aufbrachten, sich zu zeigen und zu behaupten! Levi würde sich, das wurde immer klarer, in jedem System, in dem er nach menschlicher Wärme und einem echten Miteinander suchte, aber nur auf Egoismus und Härte stieß, blaue Flecken auf der Seele holen.

Heute und hier, dachte er zornig, *hätte man etwas dagegen tun können!* Doch diese Lehrerin, die das Kind eigentlich schützen und unterstützen sollte, die sah tatenlos dabei zu, wie die empfindsame Seele weiter herben Schlägen ausgesetzt war, womöglich, bis sie zerbrach! Die Gesellschaft schluckte ihre schwächsten Glieder und angepasste, desillusionierte Menschen wie Janina Bachmann reichte ihr das Besteck, das sie zum Zerteilen brauchte, um sein Mahl in bequeme Häppchen zu zerlegen!

Was für ein Mistladen!

Eduard stand auf, die verkrüppelte Katze fest im Blick.

„Ich erwarte, dass Sie diesen aktuellen Turnbeutel-Vorfall mit den betroffenen Kindern und bestenfalls den Eltern aufklären", sagte er mit aller Autorität im Ton, die ihm möglich war. Er würde an ihr damit scheitern, das sah er ihr an, denn sie ließ sich nicht in ihre Tätigkeit hineinreden, schon gar nicht von einem, der nicht vom Fach war. Aber auch bezirzen oder betteln hätte nichts genutzt: Janina Bachmann war einer dieser Menschen, dessen Meinung unumstößlich feststand und der sich durch nichts und niemanden beeinflussen ließ. Ein Felsen im Meer, an dem man sich den Fuß blutig haute, wenn man versehentlich gegen ihn stieß.

Wie viele dieser engstirnigen und festgelegten Menschen hatte er im Lauf seines Lebens getroffen? Es waren unzählige gewesen!

Die *meisten* Leute waren so, wurde ihm klar. Sie sprachen im Brustton der Überzeugung und gaben ihre eigene Meinung zu sämtlichen Weltthemen zum Besten, waren aber kaum je bereit, andere Perspektiven einzunehmen, auszuprobieren oder sogar mit ihrer eigenen Ansicht organisch zu verknüpfen.

Und er selbst war ja auch nicht besser! Auch er war nur höchst ungern über unbequeme Wahrheiten belehrt worden. Mehr noch, er hatte sich in einem peinlich großen Ausmaß von fremden Meinungen blenden und beeindrucken lassen, als wäre er gar nicht dazu in der Lage, sich selbst ein Bild zu machen! Aus Faulheit, Bequemlichkeit oder Arroganz hatte er stumpf fremde Meinungen als seine eigenen verinnerlicht und war damit sogar missionieren gegangen!

Und die Manipulation war ihm nicht mal aufgefallen! Wollte ihm ein raffinierter Verkäufer einen neuen Wagen aufschwatzen, hatte er sich nur zu gern davon überzeugen lassen, wohl wissend, wie sehr diese Errungenschaft sein Ansehen noch zu steigern vermochte! Lobte die Gesellschaft, in der er sich bewegt hatte, einen bestimmten Makler, der Ferienhäuser vermittelte, hatte er sich von diesem zu einem Chalet in den Bergen überreden lassen, obwohl er Berge nicht mal mochte! Immer hatte er ungefragt einfach die Meinung der Menschen in seiner Umgebung übernommen und sich kaum je die Mühe gemacht, einmal selbst zu forschen, zu zweifeln und – vor allem – zu denken! Es war bequem gewesen, hatte Arbeit und Mühen eingespart und darüber hinaus seinen

Beliebtheitsgrad gefördert, weil Menschen es mochten, wenn man ihre Ansichten teilte.

Und war es mit seinen Bildern nicht ebenso gewesen? Als die Leute sie in den höchsten Tonen lobten, hielt er sich selbst für einen großartigen Maler, ohne dieses Urteil infrage zu stellen!
Und als sie dazu übergegangen waren, ihn zu beschimpfen, hatte er auch sich selbst in den eigenen Augen ganz schnell zum Versager degradiert.
Zwei extreme Punkte einer entgegengesetzten Skala – und er hatte sie völlig ungeprüft für sich als Wahrheiten übernommen.

Dabei waren das nur Meinungen gewesen! Perspektiven! Nicht die ultimative Wahrheit, sondern nur der winzige Ausschnitt eines großen Ganzen, das nicht erkannt oder sogar bewusst ausgeblendet wurde!

Wie schnell hatte er selbst Stempel verteilt – und wie schnell hatte er jene akzeptiert, die ihm verpasst worden waren! Dabei waren es doch nichts als … nun ja, eben Stempel … willkürliche Zuschreibungen von Menschen mit einem ganz anderen Erfahrungshintergrund, die alles oder etwas oder eben auch nichts wissen konnten!

Welche Macht hatte er an diese Menschen freiwillig abgetreten, ohne es selbst überhaupt zu bemerken? Nicht weniger als die Beurteilung seiner eigenen Person und seiner Leistungen, wie unangemessen das auch gewesen sein mochte!

Levi musste es ähnlich gehen: Weil ihm Mitschüler und vermutlich selbst das Lehrpersonal ständig spüren ließen, dass seine Schüchternheit eine Schwäche war, hielt er sich für einen Verlierer und ihm fehlte der Mut, den Aggressoren kontra zu geben! Oder sich zumindest angemessen zu verteidigen! Er wagte es nicht, seine Stimme zu erheben, weil ihm vermittelt wurde, sie sei sowieso so piepsig wie die einer Maus und niemand würde ihm zuhören! Er hatte gar keine Chance, seine eigene Stimme auch nur selbst zu hören, weil sie ihm genommen worden war. Er war ein Winzling, ein Nichts – so jedenfalls musste es ihm vorkommen.

Und dennoch war auch das keine Wahrheit: Es war eine von vielen Meinungen, die man glauben konnte oder auch nicht! Man konnte, durfte und musste sich vielleicht sogar seine ganz eigene Meinung bilden und zum Maßstab der Dinge machen!

In diesem Gespräch hatte Eduard, wenn es auch nicht zum gewünschten Ziel geführt hatte, trotzdem zweierlei erkannt:

Erstens würde er einen anderen Weg finden, um Levi zu helfen – hier war nichts von Wert zu erwarten. Und zweitens würde er nicht wieder blind und ungeprüft die Meinungen anderer Menschen über sich selbst und seine Arbeit zur Grundlage nehmen, um sich selbst zu bewerten. Er würde Meinungen als das sehen, was sie tatsächlich waren: Optionen. Er würde jedes Mal von Fall zu Fall neu entscheiden, wie er über sich und seine Resultate denken wollte, welchen Informationsquellen er vertraute und in welchem Urteil sein Herz und sein Verstand sich zu einer Einheit trafen. Kritiker konnten wohl das Selbstvertrauen erschüttern, nicht aber den Kern der eigenen Identität! Und in der Frage über das eigene Ich und dessen Leistung erschien nur eine einzige Instanz das Recht zu haben, eine abschließende Bewertung vorzunehmen: Das Ich selbst!

Freilich konnte man seine Ansichten, wenn sie in ein Nichts oder auf den falschen Weg führten, überdenken, erweitern, bei Bedarf revidieren. Aber niemals durfte man seine Macht und seine Freiheit abgeben, indem man diese elementaren Aussagen den Menschen um sich herum überließ! All das würde er auch Levi erklären, so kindgerecht er konnte. Es mochte fruchten und ihm weiterhelfen, mehr jedenfalls, als diese Lehrerin es konnte oder wollte!

Eduard stand auf, bereits erste Ideen im Kopf formend, was zu unternehmen sei, um der Engstirnigkeit und Begrenztheit dieser verfahrenen Situation in Levis Sinne ein Schnippchen zu schlagen.

Zum einen benötigte es praktische, tatkräftige Hilfe, bei der er noch nicht wusste, wie sie aussehen konnte. Aber das würde sich finden, denn hatte sich nicht alles bisher zu seiner Zufriedenheit gefügt, seitdem er von zu Hause aufgebrochen war? Manchmal hatte es nicht gleich danach ausgesehen, aber auch hier galt die Vielperspektiventheorie: Dinge, Menschen, Ereignisse konnten Vor- und Nachteile haben und man konnte dieses oder jenes eher betonen, es kam ganz darauf an, welche Art von Betrachtung man vornahm!

Zum zweiten brauchte Levi einen gewaltigen Selbstbewusstseins-Booster – und dafür war er, Eduard, der absolut richtige Mann! Weil er ahnte, was Levi fühlte und sich wünschte – weil in ihm selbst auch noch der kleine Junge steckte, der sich wünschte, gesehen zu werden und Zuneigung zu ernten, ohne dafür etwas Besonderes tun zu müssen!

Gelbe und blaue Blümchen flimmerten vor seinen Augen, die eine knackige Figur nur unzureichend verbargen. Schnell wendete er den Blick von der Lehrerin ab, die ihn immer noch finster anfunkelte. Im Grunde hatte er auch gar keine Chance gehabt, mit seinem Anliegen durchzudringen, denn sie hatte ihn bereits mit der festen Überzeugung, ihm nicht ernsthaft zuhören zu wollen, empfangen.

Dies wurde ihm nun klar, als er sie so starr wie einen Holzpflock im Raum stehen sah. Sie griff nach ihrem Helm und er dachte: *Prima, vernagle deinen Kopf noch ein bisschen mehr!* Er war in der ersten Sekunde schon ein unerwartetes Ärgernis für sie gewesen, das sie von ihrem privaten Termin abhielt, vielleicht einer ärztlichen Konsultation, einem Date, einer familiären Verpflichtung? Jedenfalls war ihr Hirn nicht frei genug gewesen, um sich ihm wahrhaftig zu öffnen – und genau so hatte sie auch dieses Gespräch geführt.

Trotzdem – und nun gerade – würde er Levis Not im Blick behalten und nach Wegen suchen, sie zu lindern.

Ihn erstaunte, wie sehr ihn dieser kleine Junge schon jetzt berührte, mehr als seine eigenen Leute, mit denen ihn ohnehin nur oberflächliche, sporadische Kontakte verbanden. Und mehr als jede Frau, mit der er in den letzten Jahren die Laken geteilt hatte!

Vielleicht lag es daran, weil ihn etwas an diesem Kind an ihn selbst in diesem Alter erinnerte – oder weil man die einfühlsame Art Levis, der niemals Ärger machte, provozierte oder nervte, einfach nur ins Herz schließen musste. Manchmal hätte er ihn gern sogar dazu gebracht, mal richtig zu provozieren oder zu nerven, wie es für gewöhnlich andere Kinder in seinem Alter taten, nur, damit er endlich diesen wissenden, resignierten Blick auf den Zügen verlor! Kinder mussten doch Grenzen austesten dürfen, jedenfalls in einem gewissen Rahmen! Wie sollte Levi sonst erkennen, dass er selbst der Gestalter seines Lebens sein durfte, zumindest in weiten Stücken?

Eduard überlegte. Sollte er den Jungen zu einer widerborstigen Handlung auffordern? Einer Zerstörung, einer Schlägerei?

Er war sich nicht sicher. Diese Lösung förderte Wut und entfesselte Energien, die man nutzen konnte und setzte überdies ein klares Statement, so viel war klar. Für ihn war sie als Kind eine passende, wenn auch nicht immer erfolgreiche Strategie gewesen. Aber sie entsprach nicht Levis Wesen. Und hatte er nicht gerade bedauert, wie sehr einige Kinder sich verbiegen mussten, um den an sich gestellten Ansprüchen gerecht zu werden, während andere, die gelernt hatten, ihnen gehöre die Welt, ganz selbstverständlich auf ihrer Umwelt ihren persönlichen Fingerabdruck hinterließen und bequemerweise alles vor den Hintern getragen bekamen?

Nein, es musste andere Wege geben, vernünftige und verträgliche, mit denen ein Kind wie Levi sich identifizieren konnte. Er würde so lange keine Ruhe geben, bis er diese Wege entdeckt hatte und zusammen mit Levi abschreiten konnte!

Eduard verabschiedete sich mit einem Nicken und wenigen Worten. Janina Bachmann schien erleichtert und gedanklich schon weit weg zu sein. Wer war diese Frau und was bedeutete ihr Urteil in seiner Welt? Nichts, es war nur ein flüchtiger Hauch, der ihn streifte und dann wieder im Nirgendwo verschwand! Wie alle Urteile, auch jene über sich selbst, die er jemals geglaubt hatte! Er würde ihr Denken und Handeln nicht ändern können, das hatte sie ihm unmissverständlich klargemacht. Aber er konnte durchaus nach anderen Dingen suchen, die er besser zu beeinflussen vermochte, nach anderen Lösungen und anderen Strategien des Umgangs!

Und er konnte einen Keim der Selbstsicherheit und des Stolzes in Levis kleines Herz legen und dafür sorgen, dass dieser Samen immer genug

Wasser, Nahrung und Sonnenlicht bekam, um sich zu einer stattlichen Pflanze zu entwickeln.

Plötzlich war ihm sehr leicht zumute. Sogenannte Fakten waren manchmal nichts als Schall und Rauch, die sich in nichts auflösten, wenn man genauer hinsah. Und alles, was lebte und Zuneigung erhielt, konnte wachsen und sich entwickeln. Pflänzchen wie menschliche Herzen, Selbstvertrauen und Sicherheit, Stärke und Liebe.

Zweite Lektion:

Urteile sind immer subjektiv und erfassen nur einen sehr begrenzten Ausschnitt der Perspektiven.

Dein eigener Maßstab darf davon unberührt bleiben.

Eine Sandburg

Unbeschwerte Tage – wie lang hatte es die in seinem Leben nicht gegeben?

Eduards Zeit war dominiert worden von der Arbeit, die sich nicht mehr kreativ hatte entfalten dürfen, sondern die fremdbestimmt gewesen war! Zeitlich durchgetaktet von Kundenterminen und Sitzungen vor der Staffelei! Inhaltlich verzerrt durch die Ansprüche Fremder, die sich einem ungefragt überstülpten!

Wann hatte er auch nur ein einziges Bild mal aus freien Stücken gemalt? Das musste sogar noch vor dem Studium gewesen sein, weil auch da ihm ständig von Professoren und Dozenten vorgegeben worden war, was und wie er zu malen hatte. Nicht zu vergessen das wahlweise unterwürfige oder verächtlich harte Urteil am Ende, das ihn sich wie im Himmel oder in der Hölle fühlen ließ, bevor er das Malen endgültig an den Nagel hatte hängen müssen!

Die Zeit, in der Eduard leichtfüßig und voller Freude einfach vor sich hingewerkelt und sich später über die entstandenen Ergebnisse gewundert hatte, war so lang her, dass er sich nicht einmal bewusst daran erinnern konnte.

Umso erfüllender empfand er die gemeinsamen Stunden mit Matilda und Levi, die völlig zweckfrei gelebt wurden und in denen es nicht darauf ankam, der Welt oder den Menschen darin irgendetwas zu beweisen.

Eigentlich war es nicht verabredet gewesen, dass Eduard auch die Abende oder Sonntage mit der kleinen Familie verbrachte, aber manchmal ergab es sich, dass er zu einem Essen oder Ausflug eingeladen wurde. Matilda sagte dann in ihrer pragmatischen, unkomplizierten Art, er werde doch sicher probieren wollen, was er mit Levi vorbereitet hatte. Oder sie betonte, dass es ihrem inneren Schweinehund zugutekäme, wenn Eduard auf der Wiese beim Picknick mit Levi Tore schoss, während sie selbst sich mit einem Schmöker auf der Decke entspannen konnte. (Abseits seiner Klasse, in der er sich gehemmt und unsicher fühlte, tobte Levi nämlich durchaus durch die Gegend, wie ein ganz normales Kind, das die Welt um sich herum entdeckt.)

Eduard hatte niemals abgelehnt und warum hätte er das auch tun sollen?

In seinem Bus war es eng, dunkel und einsam. Eigentlich bestand sein Zuhause nur aus einer überdachten Matratze zwischen Aluwänden, mit muffigem Bettzeug aus dem Ausverkauf und einer batteriebetriebenen Leselampe am Kopfende. Es lud nicht gerade dazu ein, viel Zeit darin zu verbringen. Eines Tages, jedenfalls vor dem nächsten Winter, hatte er sich vorgenommen, würde er das Fahrzeug zu einem wirklichen Wohnmobil umbauen: Mit einer gemütlichen Holzverkleidung, einer Kochecke und einem Waschbecken mit Wassertank, einem richtigen Bett, unter dem er sich Stauraum verschaffen konnte. Aber im Moment fehlte ihm dazu die Zeit, weil er sich akribisch nach dem Tagesplan Matildas richtete, und natürlich auch das Geld, denn seine Konten befanden sich nach wie vor in einem fragilen Zustand und das Wenige, das er mit seiner eigenen Hände Arbeit erwirtschaftete, gab er sogleich für den Lebensunterhalt wieder aus. Und für Geschenke für seine beiden neuen Gefährten, die Matilda manchmal schon kritisierte, über die sie sich aber doch insgeheim freute.

Überdies nutzte Eduard diese Gelegenheiten der gemeinsamen Freizeitgestaltung, um den Jungen ausgiebig zu beobachten und sich zu überlegen, wie und wo er ansetzen konnte, um ihm emotionale Erleichterung zu verschaffen.

Und er lernte in jenen Tagen nicht nur einiges über das Kind, sondern vor allem auch über sich selbst.

Nachdem sie sich in den Fluten des Flüsschens erfrischt hatten, schaufelte Levi mit beiden Händen Sand zu einem kleinen Berg auf, direkt am Wasser. Es war ein wolkenloser, herrlich sonniger Tag. Matilda, die Melonenstücke, kalte Eierkuchen und Limo für alle vorbereitet hatte, kritzelte in einem Rätselheft herum und Eduard hockte etwas abseits, bereits die zwickenden Strahlen der Sonne im Nacken spürend. Er erfreute sich an dem Anblick der mageren Beine seines Schützlings, der jauchzend und johlend um die Burg herumsprang, nach Steinen, Federn und anderem Strandgut suchte, um sie zu verzieren, und überhaupt nicht wirkte wie der verschlossene, grübelnde Bücherwurm, der er sonst manchmal war.

„In dieser Burg wohnt der Meeresgott Poseidon mit seinen schönen Töchtern, den Nixen", verkündete er und steckte eine Krähenfeder auf den obersten Punkt. „Sie singen und tanzen den ganzen Tag im Wasser und abends liest ihnen die Meerhexe eine Geschichte von den verschollenen

Schiffbrüchigen vor. Und im Garten, da gibt es keine Blumen, sondern Korallen, die kribbelbunt sind! Sie haben keine Hunde oder Hamster, sondern Fische ... vor allem einen Hai, der am Tor Wache hält. Meinst du, Eduard, wir könnten demnächst mal ein Aquarium malen? Ich kenne mindestens sechs Fischarten und die sehen ganz unterschiedlich aus! Kennst du den Kugelfisch? Der ist giftig, aber Japaner essen ihn trotzdem. Und den Lampionfisch, der hat eine kleine Laterne an seinem Kopf und riesige spitze Zähne. Er lebt in der Tiefsee, wo überhaupt kein Licht hinkommt."
Eduard lächelte.
„Der heißt Laternenfisch und das stimmt, er sieht ziemlich beängstigend aus. Klar können wir ein Aquarium malen, vielleicht an deine Zimmerwand? Wenn deine Mama einverstanden ist?"
Er schaute zu Matilda herüber, die mit einem Ohr immer bei ihrem Kind war. Sie hob den Kopf und drohte mit dem Kugelschreiber.
„Auf keinen Fall" sagte sie, aber es klang nicht so, als meine sie das ernst.
Levi begann, einen Tunnel zu graben.
„Hier ist der Eingang", sagte er, „den lege ich mit Stöckchen aus, wie eine Zugbrücke. Und dann buddle ich noch einen Graben rundherum, damit

die Feinde nicht mehr so einfach eindringen können." Er schob konzentriert die Zunge zwischen die Zähne. Ein kleiner Professor, ein großer Baumeister, ein Geschöpf mit überschäumender Fantasie, die er mit seinem neuen, erwachsenen Kumpel teilte. Eduard wurde warm ums Herz.

Eine Sekunde lang fragte er sich, ob es gut für ihn und sinnvoll war, so weich und verletzbar zu sein, doch der Moment war einfach viel zu schön. Und waren Momente nicht immer schnell vorbei? Sollte man sie nicht bewusst und aufmerksam genießen, um sich ihren Zauber auch für später bewahren zu können, in einer kostbaren Erinnerung, die sich konservieren und auf Wunsch abrufen ließ?

„Wenn ich groß bin, werde ich Meeresbiologe! Oder Haischützer! Die sind nämlich nützlich und leben schon seit Millionen Jahren auf der Erde! Vielleicht werde ich auch Pilot oder Astronaut! Das Universum ist noch unerforscht, da gibt es viel zu entdecken!"

Eduard lächelte. Er warf nicht ein, dass Levi wie auch seine Mutter zu kurzsichtig war, um eine Karriere in Luft oder All anstreben zu können. Und auch nicht, dass Biologen ein langes, schweres Studium vor sich hatten und die Aussicht auf einen lukrativen Arbeitsplatz im Anschluss spärlich war.

Er dachte daran, wie seine Eltern ihn angeschaut hatten, als er als kleiner Junge verkündet hatte, er wolle Maler werden. An die schlauen Ratschläge, etwas „Richtiges" und „Solides" zu lernen, an die Vorstellungsgespräche in Bank und Büro, die seine Begeisterung im Inneren zu einem bleischweren Klumpen Überdruss zusammengequetscht hatten. An die Forderung des Vaters, wenn er denn nun unbedingt Künstler werden wolle und nicht davon abzubringen sei, das Ganze dann auch wirklich professionell aufzuziehen und sich entsprechend in der Kunstwelt zu etablieren, mit jeder Form von Anpassung, die dafür nötig war! Seine gesamte Kindheit, Jugend und Studienzeit hatten aus Druck und fremden Ansprüchen bestanden – und wohin hatte ihn das gebracht?

Er stand vor einem Nichts und musste völlig neu beginnen, ohne auch nur zu ahnen, wohin es ihn führen konnte. Ob es überhaupt irgendwohin führte! Und hinter ihm lagen nur Trümmer all dessen, was vorher mal seine einzige Welt gewesen war! Die ganze mühsame und schmerzhafte

Anpassung hatte in eine Sackgasse und ins Verderben geführt!

Auch das erzählte er Levi nicht, doch er nahm sich vor, ihn nach Kräften zu unterstützen, wohin ihn sein Weg auch führen mochte. Pilot, Astronaut, Meeresbiologe – was immer Levi sich ersehnte, Eduard würde nach Kräften dazu beitragen.

Levi hatte schmutzige Fußnägel und kleine Dreckspritzer an der Brille. Sein schwarzes Haar hing ihm feucht ins Gesicht und er wirkte selbst wie ein kleiner Laternenfisch – ein leuchtendes Element, das seine Umgebung verschönert.

„Um Meeresbiologe sein zu können, musst du aber bestimmt sieben oder vielleicht sogar acht Fischarten kennen, da reichen sechs nicht aus", stichelte Eduard, dem seine Sentimentalität vor sich selbst ein bisschen peinlich war, liebevoll. Levi verstand die feine Ironie.

„Ich hab ein dickes Buch mit allen Fischen der Welt darin! Wenn ich will, kann ich jeden Tag einen neuen lernen und wenn ich mit der Schule fertig bin, dann weiß ich sie alle. Wie sie aussehen, was sie machen, was sie fressen. Und die Seepferdchen! Wusstest du, dass bei denen die Männchen die Babys ausbrüten?"

Eduard fürchtete – und Matilda insgeheim vermutlich auch, nun werde die Frage nach seinem eigenen Vater folgen oder zumindest eine Andeutung, doch dieses Thema schien nicht in Levis Interesse zu liegen.

Einerseits erleichternd, andererseits war Eduard neugierig und hätte gern gewusst, was es mit dem Vater des Jungen auf sich hatte. Ob Kontakt bestand und wie dieser sich gestaltete. Allerdings war er inzwischen selbst lang genug in Gegenwart dieser beiden Menschen, um zu bemerken, dass an keinem Wochenende irgendjemand Levi abgeholt hatte. Und die Lehrerin hatte sich auch in dieser Art geäußert, es gab ihres Wissens nach nur die Mutter und die Oma, hatte sie gesagt. (*Und mich,* hatte Eduard im Stillen hinzugefügt.) Matilda tat, was sie konnte und zerriss sich zwischen ihren mannigfaltigen Pflichten, die alle ihren vollen Einsatz verlangten, wobei Levi immer die oberste Priorität besaß.

Doch Eduard dämmerte, dass dieser Job und diese Familie nicht nur *für ihn* ein Geschenk waren, sondern womöglich empfanden sie es umgekehrt genauso: Vielleicht war er nicht nur ein bezahlter Notnagel, der aus einer schwierigen Situation heraushalf, sondern als Zuhörer, humorvoller und geduldiger Betreuer und Mensch auch für die alleinerziehende Mutter und ihren Sohn eine echte Bereicherung!

Komisch, so hatte er sich selbst noch nie gesehen! Er hatte aber auch noch nie – jedenfalls fiel ihm keine Situation dieser Art ein – das Wohl eines anderen Menschen über oder zumindest neben sein eigenes gestellt. Für ihn waren Menschen nichts weiter gewesen als schmückendes Lebensbeiwerk, sie durften ihm die Langeweile vertreiben, ihn unterhalten, ihn anbeten und ihm sein aufwendiges Dasein finanzieren. Was sie nie gedurft hatten war, etwas in ihm zu berühren. Warum zum Teufel gelang das diesem kleinen Hai-Fan mit Leichtigkeit und noch dazu, wo er es gar nicht bewusst darauf anlegte?

„Du solltest dich abtrocknen und umziehen, Levi", ließ sich Matilda vernehmen. „Die ganze Zeit in der nassen Badehose zu bleiben, kann krank machen. Leg dich zu mir auf die Decke und schau, ob du im Himmel eine Wolke entdeckst, die wie ein Tier aussieht."

„Am Himmel sind keine Wolken", widersprach Levi, trottete aber zu seiner Mutter. Die Burg war fertiggestellt, er konnte sowieso nichts daran verbessern. Levi arbeitete sehr lange und sorgfältig an seinen Projekten und gab erst auf, wenn er vollkommen zufrieden damit war.

„Später, wenn du dich umgezogen und ausgeruht hast, könnten wir Stöckchen suchen und mit festen Gräsern oder Schilf kleine Männchen bauen, die in deinem Wasserschloss wohnen", schlug Eduard vor. Auch er kam zur Decke und griff beherzt nach einem dicken Melonenstück, dessen Saft ihm schon beim ersten Biss auf die Brust tropfte.

„Du meinst, wie Kastanienmännchen?" Die hatte Levi mit Matilda im letzten Herbst gebaut. Sie standen auf der Fensterbank im Wohnzimmer, aber inzwischen waren die Kastanien eingeschrumpelt und vertrocknet. Klägliche kleine Figürchen, die Matilda wohl nur noch nicht entsorgt hatte, weil neben Blumen, Kerzen und anderem Krempel so viel im Fenster stand, dass sie sie schlicht übersehen hatte. Oder aus nostalgischen Gründen? Dann wurde es erst recht Zeit für etwas Neues!

Während die eigenartigen Gefährten genüsslich ihr Obst schnabulierten, näherte sich ein Motorboot, das mit einem Affenzahn durch den Fluss pflügte. Levi sprang auf, schrie und winkte. Von wegen schüchtern und gehemmt! Wenn er in seinem Element war, und das hieß, umgeben von Menschen, die ihn schätzten und mochten, war er so lebendig und lebensfreudig wie ein im Wald herumspringendes Reh! Die Crew, ein älteres, braun gebranntes Paar in weißer Freizeitkleidung, winkte zurück. Die Dame musste aufgrund des Windes ihren Hut festhalten. Levi winkte so heftig, dass Eduard fürchtete, er werde sich den Arm ausrenken. Und die Reaktion auf seinen Gruß bereitete ihm sichtlich Freude.

Dann war das Boot vorbeigefahren. Und zog eine heftige Welle hinter sich her, die auf den Strand zusteuerte und ihn in nur wenigen Sekunden erreichte. Eduard, der sich mit der Zerstörung von Werken auskannte, wusste, was passieren würde, doch Levi traf diese Erfahrung völlig unvorbereitet:

Mit einer einzigen heftigen Wellenbewegung wurde die liebevoll verzierte Burg, für deren Erbauung Levi Stunden gebraucht hatte, in den nassen Abgrund gerissen und übrig blieb nur ein kleines Häufchen feuchten Sandes. Alles futsch, die Federn fortgeschwemmt, die Steine überflutet, das gesamte Werk vernichtet, als hätte es nie existiert.

Eduard rechnete mit Unglauben, Wut, Verbitterung. Tränen jedenfalls, lautem Heulen, Fußstampfen. Levi war nicht der impulsive Typ, der die Beherrschung verlor, doch diese Erkenntnis, dass alle Arbeit für die Katz gewesen war, noch bevor sie ihre Bewohner aus Stöckchen hatten basteln können, musste ihn wirklich getroffen haben.

Gewiss, er konnte eine neue Burg bauen, etwas weiter weg vom Wasser, sodass das nächste Boot sie nicht wieder erwischen konnte. Dann würde sie eine längere Zeit stehen und dann trotzdem irgendwann von Wind und Wetter – oder einer blödelnden Jugendgang – kaputtgemacht werden. Es war eine kleine Lektion fürs Leben, die lächerlich unbedeutsam wirkte, jedoch in ihrer Wucht erschüttern konnte: Nichts war von Dauer. Die Sandburg nicht, der Strand nicht, auch sie selbst nicht. Heute saßen sie noch hier und kauten auf der Melone herum, doch wer wusste schon, wo sie morgen sein würden? Ob sie morgen überhaupt noch sein würden! Lohnte sich angesichts dieser substanziellen Sinnlosigkeit überhaupt etwas im Dasein? War der Bau die Mühe wert gewesen?
All das dachte Levi in dieser Komplexität sicher gerade nicht, doch seine Burg war zerstört und dieser Umstand machte ihn traurig und ärgerlich, man konnte es ihm deutlich ansehen.

Eduard griff Levi an der Schulter, doch dieser fasste sich schnell.

„Passiert", sagte er. „Ich hätte nicht so nah am Abgrund bauen sollen."

Das war typisch für Levi, der sich ungern in dramatischen Gefühlen verlor. Gut, er hatte etwas gelernt; manchmal war ein Verlust, wenn auch schmerzlich, auch zu etwas gut. Vernunft half bei Verlusten und aus Fehlern konnte man einen Nutzen für die nächste Aktion ziehen.

Aber das war es nicht, was Eduard verstummen ließ. Es war der nächste Satz, den er niemals mehr vergessen würde:

„Es ist egal, denn ich hab das Bild von meinem Meeresgott und den Nixen ja hier drin." Levi zeigte mit dem Finger auf seine Stirn. „Und genau deshalb kann ich ja immer wieder und überall eine neue Burg bauen. Die gleiche noch mal oder eine ganz andere! Wir kommen einfach wieder her und dann baue ich eine neue, die noch schöner ist."

Ja, dachte Eduard. *Du kannst immer* wieder *aufstehen,* wieder *in die Hände spucken und* wieder *einen neuen Start wagen. Und die Vorstellung von dem, was du erschaffst, die ja lange vor der Realisierung in deinem Hirn existiert, die kann von keiner Welle der Welt ausgelöscht werden. Schlauer, kleiner Junge!*

Ihm gerieten plötzlich Bildideen vor Augen, die er nie gemalt hatte, weil er meinte, dass es sich „nicht gelohnt" hätte, denn niemand hatte sie verlangt und niemand hätte für sie bezahlt.

Hätte er seiner Vorstellungskraft nicht dennoch den Respekt erweisen sollen, sie auf eine Leinwand zu bringen?

Levis Burg war zerstört worden, aber sie *hatte* existiert. Sie hatte ihm eine vergnügliche Zeit beschert und ihn mit Stolz beglückt! Was spielte es da schon für eine Rolle, dass sie der Ewigkeit nicht standhielt?

Eduards nie gemalte Bilder hingegen – Lagunen in Venedig, rotbackige Bauernkinder auf einem Hof, Emotionen in wilden Farben, ein Himmel in einer Silvesternacht – die waren nie zum Leben erweckt worden und konnten deswegen auch weder eine vergnügliche Zeit noch Stolz beschert haben! Und wie viel von der Magie der Dinge und Ereignisse würde übrig bleiben, wenn sie bis in alle Ewigkeit erhalten blieben? Machte nicht gerade die zeitliche Begrenzung ihrer Existenz und die Tatsache, dass man nicht wusste, wann man sie verlieren würde, ihre Kostbarkeit aus? Stellte nicht genau das den magischen Aspekt allen Lebens dar?

Die Burg war da gewesen, nun war sie Geschichte. Genau das gestaltete die Erfahrung, sie entstehen *und* vergehen zu sehen, so wertvoll!
Es bedeutete einen Wert, der für sich stand, doch den man allzu oft für selbstverständlich hielt oder

gar nicht wirklich bewusst wahrnahm. Und daher, nahm sich Eduard vor, würde er auf alles, was ihm besonders am Herzen lag, zukünftig besonders gewissenhaft aufpassen.

Manches konnte man sich eine Zeit lang bewahren, wenn man gut darauf achtgab. Vielleicht keine Sandburg, aber Beziehungen zu Menschen, die einem wichtig waren. Er war nicht geübt im Aufbau und in der Pflege von Bindungen, aber er war gewillt, es zu versuchen. Und er wollte nicht nur *schützen*, sondern auch *schätzen*, was ihm geschenkt wurde, so gut er es vermochte.

„Hey Steuermann", sagte er lässig, „vergiss die Burg, die beleben wir ein anderes Mal wieder. Wir könnten morgen Nachmittag direkt mit deinem Aquarium anfangen. Und statt ein paar krüppeliger Meeresmenschen aus Stöckchen und Gras könnten wir mit Modelliermasse ein paar Fische gestalten, die wir an einem Mobile aufhängen. Du kennst doch so viele Arten und kannst mir zeigen, wie sie aussehen. Was meinst du dazu?"

„Oh ja", rief Levi. „Und ein paar Papierflieger könnten wir dazu bauen, die über den Ozeanhimmel fliegen! Die Touristen darin schauen aus dem Fenster und sehen die Delfine auf dem Meer herumspringen! Und manchmal Poseidons goldenen Dreizack, der aus dem Wasser lugt! Hast du schon mal einen Dreizack gesehen?" Er schnappte sich Matildas Kugelschreiber und zeichnete auf den Rand ihres Rätselhefts eine entsprechende Waffe.

„Nein", sagte Eduard, „einen echten Dreizack hab ich tatsächlich noch nie gesehen."

Und das galt für einige Dinge, die er an diesem Tag erlebt hatte!

Es war, als würde sein Hirn neue Neuronenbahnen prägen, die die gewohnten Denkstrukturen schrittweise überschrieben.

Es war, als würde er mit seinem alten Kopf ganz neue Dinge denken.

Dritte Lektion:

Manche Dinge,
nicht zuletzt das Leben selbst,
ziehen ihren kostbaren Zauber
aus ihrer Vergänglichkeit.

Das alte Lied

Sie war eine von den Frauen, die dem früheren Ich des Künstlers Eduard nicht mit einem ergebenen Seufzer hinterhergelaufen wären, um direkt in seinen nackten Armen zu landen und für wenigstens eine Nacht die Dekoration auf seiner Bettdecke zu sein.

Eine, die wusste, was sie wollte und die nicht leicht zu beeindrucken war. Nicht auf eine so bissige Art wie die junge Janina Bachmann, sondern ein bisschen reifer und verwegener.

Genau das machte sie ungeheuer reizvoll und Eduard kam nicht umhin, sich schon in der ersten Minute der Begegnung so unbehaglich, aufgeregt und auf eine fast peinlich primitive Art zur Jagd animiert zu fühlen wie ein Schuljunge, der sich seiner selbst unsicher ist. Ein Schuljunge, der gleichzeitig spürt, dass es für ihn etwas zu erobern gibt, das seinem Selbstvertrauen einen enormen Schub zu versetzen vermag, sich die Jagd aber gar nicht wirklich zutraut.

Es war eine seltsame Mischung aus pikierter Scham und bloßem Trieb, die ihn erfüllte, und sie war faszinierend, erinnerte sie ihn doch an jene verblassten Tage, an denen er noch glaubte, die Welt aus den Angeln heben zu können. (Und er *hatte* sie aus den Angeln gehoben – so viel war sicher! Aber dann war sie ihm aus den Händen geglitten und auf die Füße gefallen.)

Die Rektorin – sie hieß Sabrina Möhring – leitete mit erstaunlich strenger und doch liebevoller Hand die Grundschule, die Levi besuchte und genau aus diesem Grund hatte Eduard sie aufgesucht: Das Problem des Mobbings hatte mit der Klassenlehrerin nicht gelöst werden können. Es benötigte seiner Meinung nach eine nähere Betrachtung durch eine Verantwortliche, die in der Hierarchie eine Stufe höher stand. Sabrina Möhring war die nächste Instanz und damit die logische Konsequenz. Außerdem war sie atemberaubend attraktiv und verstörend selbstsicher.

Eduard stellte sich erneut als „Onkel" des Jungen vor, vage ahnend, dass seine eigenmächtig ausgeführten Aktivitäten noch zu Ärger führen konnten. Aber er wollte Matilda, die bis zum Hals in Arbeit und Pflichten steckte, entlasten und helfen. Deshalb dachte er absichtlich nicht daran, was sie wohl zu seinem Tun, das er mit ihr nicht abgesprochen hatte, sagen würde, wenn sie davon wüsste.

Außerdem quälte ihn die Vorstellung, was Levi an jedem Morgen, wenn er zur Schule ging, aufs Neue zu erwarten hatte, und die war wirklich übel. Es stand außer Frage, dass dem Treiben der Kids Einhalt geboten werden musste – und wenn sonst niemand da war, der sich darum kümmern konnte, dann würde Eduard das eben übernehmen.

Obwohl er keinen offiziellen Termin abgesprochen, sondern die verboten gut aussehende Möhring eher in seiner gewohnten überrumpelnden Manier überfallen hatte, ließ sie sich interessiert und offen auf ein Gespräch ein.
Sie bat ihn freundlich, Platz zu nehmen und beauftragte sogar ihre Sekretärin, heiße Getränke bereitzustellen.

„Wo drückt denn der Schuh, Herr Schattschneider?", fragte sie, als sie sich am Schreibtisch gegenübersaßen, sie im weichen Ledersessel hinter der Platte, er auf einem gepolsterten Stuhl davor. Eduard fand diesen Ausdruck rührend altmodisch. Er hätte am liebsten gelächelt, schon auch, weil ihre äußerliche Attraktivität und ihre fröhliche Erscheinung all seine Spiegelneuronen aktivierten, die fürs Flirten zuständig waren, doch er rief sich innerlich zur Ordnung: Angesichts des

Themas war weder ein Flirt noch ein Lächeln angebracht. Er räusperte sich.

„Levi wird von seinen Klassenkameraden seit geraumer Zeit gepiesackt", entschied er sich für eine noch plakativere und direktere Ansage, als er sich gegenüber Janina Bachmann geäußert hatte. *Das gesamte Geschütz auffahren! Offenbaren, was Fakt war, in all seiner Grausamkeit ungeschönt!* „Er wird ausgebissen, geschlagen, beleidigt, gedemütigt. Es verschwinden Sachen oder sie werden zerstört. Zerrissene Hefte, zerbrochene Lineale, Turnsachen im Jungsklo. Levi leidet sehr unter der Situation und ich habe bereits mit Janina Bachmann darüber gesprochen, aber nach ihrer Meinung wird schulintern genug dafür getan, um Levi zu schützen und den Tätern das Handwerk zu legen."

„Das stimmt schon, wir haben Mobbing-Interventionsteams und es finden bei solchen Vorfällen Gesprächskreise statt, um die Konflikte zu klären und gegenseitiges Verständnis herzustellen." Sabrina Möhring stellte den Ellbogen auf den Tisch und legte das Kinn in die Hand. Sie musterte ihn aufmerksam und ihre Art, sich vorzubeugen, zeigte ihm, dass sie gar nicht so spröde war, wie sie zur Begrüßung getan hatte.

Er gefiel ihr – und das konnte man ihr auch nicht verdenken. Eduard war zwar nun kein erfolgreicher, berühmter und reicher Künstler mehr, doch etwas von seinem alten Glanz steckte noch in dem Habitus fest, den er verströmte. Und sein aufrechtes, angenehmes Äußeres konnte ihm sowieso keine Pleite der Welt nehmen!

Eines Tages würde das Alter seine stolze Statur beugen und wenn er nicht aufpasste, konnte eine düstere Stimmung in eine Verwahrlosung hineinführen, doch gegenwärtig war er sich seiner Wirkung auf Frauen wieder bewusst und das beglückte ihn. Er hatte vergessen, wie sich das anfühlte, allein durch einen Blick oder ein Wort Menschen beeinflussen zu können, die sich ihm im besten Fall sogar freiwillig zu Füßen legten. Nun, das würde heute nicht passieren, aber ein Highlight für sein Ego war es allemal.

„Was ist mit Sanktionen?", rief er sich selbst den Grund seines Besuchs wieder ins Gedächtnis. „Dem deutlichen Signal, dass es Konsequenzen hat, wenn man bestimmte Grenzen überschreitet und zwischenmenschliche Regeln wiederholt bricht?"

„Die gibt es auch", sagte Sabrina, „aber bedenken Sie, wir sind hier in einer Grundschule und nicht an der Militärakademie. Wir wollen den

Kindern ein Vorbild sein und sie nicht zu stumpfen Befehlsempfängern formen."

„Schönes Vorbild, nicht zu handeln, um ein hilfloses Geschöpf zu schützen, wenn es nötig wäre", sagte Eduard mit einem ironischen Unterton. Das frei in ihm flottierende Testosteron (Gott, wie hatte er dieses Hochgefühl des Eroberns vermisst!) stachelte seine Aggressivität an.

Was würde wohl passieren, wenn er sich die hübsche Schulleiterin schnappte und mit Verve auf den Schreibtisch warf, um ihr in atemloser Gier den Rock über die Schenkel nach oben zu streifen? Er schüttelte den Kopf, um den hinderlichen Gedanken loszuwerden.

„So hilflos ist Levi gar nicht", widersprach sie. „Sie dürfen ihm ruhig etwas zutrauen, er wird seinen Weg schon machen und er wird auch lernen, sich in einer Umwelt zu behaupten, die ihm nicht immer wohlgesonnen ist. Wir tun ihm keinen Gefallen, wenn wir ihm alle Hindernisse aus dem Weg räumen und ihm damit das Gefühl geben, er könne selbst nichts bewegen."

Das sah Eduard anders, aber er war auch leicht verunsichert. Neigte er aus Zuneigung tatsächlich dazu, in die Glucken- und Helikopterfalle zu tappen? Er meinte es doch nur gut!

Plötzlich war Eduard erschrocken. Dieses fremde Kind bedeutete ihm nach so kurzer Zeit schon viel zu viel! Das war bestimmt nicht normal und auch nicht richtig! Es brachte seine innere Balance in eine Gefahr, die ihm völlig neu war und der er sich nicht gewachsen fühlte.

„Ich würde es begrüßen, wenn Sie trotzdem noch mal das Gespräch mit Ihrer Mitarbeiterin suchen und gemeinsam überlegen, ob es nicht doch noch Wege gäbe, Levi zu helfen, die über ihre bisherigen Maßnahmen hinausreichen", zwang er sich selbst, beim Thema zu bleiben.

Sie machte ihn nervös.

Wie sie ihn anblickte mit ihren verblüffend dunklen Augen, die wie dunkle Perlen aus ihrem hellen Gesicht herausstachen. Wie sie auf ihrer Unterlippe herumbiss, einziges Anzeichen dafür, dass auch sie sich innerlich nicht ganz im Gleichgewicht befand und ungemein reizvoll dazu. Wie sie sich durch das Haar strich, das so dunkel war wie der Bildschirm auf ihrem Schreibtisch, aber viel glatter als das von Matilda oder Levi.

„Das will ich gern tun, Herr Schattschneider", sagte sie und lehnte sich zurück. Der Stuhl quietschte bei der Bewegung und das Haar fiel über ihre Schulter nach hinten. „Ich informiere Sie dann über den Fortgang der Dinge, wenn Sie mir

Ihre Telefonnummer dalassen. Sie können auch noch mal wiederkommen, wenn Sie mögen. Sagen wir, in einer Woche?"

War das ein harmloses Angebot mit pädagogischem Hintergrund oder ging es weit darüber hinaus? Eduard wusste nicht mehr, was er fühlen und denken sollte.

Er war wegen Levi gekommen, aber nun saß er viel zu lange hier, nicht mehr wegen Levi, sondern weil das Ziehen in seinen Lenden immer stärker wurde. Er spürte, dass er im Begriff war, einen sehr dummen und massiven Fehler zu begehen, konnte aber wenig dagegen ausrichten. Sein Wille war wie Zuckerwatte, die im Sturm in kleine Fetzen zerriss und in bunten Flocken davonstob.

„Klar", hörte er sich sagen. Schaute sich im Raum um, damit er ihr nicht mehr in die Augen sehen musste. Seine Hände, die die Knie umklammerten, waren feucht. Seine Augen verweilten bei den Fenstergriffen, die eine bunte Girlande zierte, bei der geblümten Tasse auf Sabrinas Schreibtisch, beim Kabelwirrwarr neben ihren Knien. Ein Einsatzplan klebte an der Wand hinter ihrer Rückenlehne, mit bunten Kärtchen sauber abgesteckt. Ein goldener Kugelschreiber mit den Initialen *SM,* den sie zur Hand nahm, um damit herumzuspielen, ohne ihn aus den Augen zu lassen, fesselte seinen Blick.

(Interessante Kombination, diese Initialen. Verdammt! War es wieder so weit gekommen, dass er nur noch an Vergnügen und Selbstbestätigung dachte – und den verlockenden Sex, der ihm beides bescherte?)

Auf der Schreibmatte lag außerdem eine Muschel, an deren Perlmuttglanz er sich festhielt. Die Muschel erinnerte ihn – höchst unpassend in dem Moment – an Matilde und Levi, die auch allen möglichen Plunder bei Spaziergängen aufsammelten, um ihre Höhle damit zu dekorieren und persönlicher zu gestalten. Seine Augen glitten wieder nach oben. Er bemühte sich, ihrem (prüfenden? belustigten? genervten?) Blick auszuweichen. Neben der Einsatztafel mit den bunten Kärtchen hing eine Pinnwand, über und über mit Zetteln bedeckt, die seinen Augen eine Zuflucht bot. Und da entdeckte er auch die Stellenausschreibung.

„Sie suchen eine kunstinteressierte Person mit praktischer Erfahrung, die Ihren Klassen am Nachmittag die Grundlagen des Malens und Zeichnens beibringt?", wechselte er das Thema, ob und wann man sich wiedersehen würde, nun abrupt. *Gut, eine Klippe umschifft!*

Und vielleicht bot sich ihm hier eine Option, einen zweiten Job anzunehmen und damit den Ausbau seines Bullis voranzutreiben! Ganz abgesehen von der Möglichkeit, regelmäßigen Umgang mit Sabrina Möhring pflegen zu können, wie es als Kollege sicherlich üblich sein würde! Beim zweiten und dritten Treffen würde er sicher weniger befangen sein und ein bisschen mehr er selbst. Es würde ihm leichter und leichter fallen, sie zu erobern. Es konnte ihm gelingen!

„Richtig." Sie drehte den Kopf, um die Stellenanzeige zu überfliegen. „Wir haben die Anfrage in die Zeitung gesetzt in der Hoffnung, es findet sich ein Rentner mit Langeweile, der die Nachmittagskurse übernehmen möchte. Gegen ein kleines Taschengeld und die Chance, viele wissbegierige Kinder um sich zu haben. Das soll ja jung halten." Wieder lächelte sie und es war, als brächen Sonnenstrahlen durch verhangene Wolkendecken. „Ich habe nicht genug Stammpersonal, um die Hortbetreuung zu organisieren und wir sind im Kollegium übereingekommen, dass Kunst im Lehrplan eh viel zu kurz kommt. Wir suchen deshalb explizit neben den sportlichen Angeboten nach einem Künstler. Oder nach jemandem, der zumindest ein Händchen dafür hat. Und Lust auf die Arbeit mit Kindern."

„Muss es jemand sein, der eine entsprechende Ausbildung und Lehrerfahrung hat?"

„Nein", sagte sie, „die Person sollte nur gut mit Kindern umgehen können und Spaß am Malen haben, vielleicht ein paar Grundkenntnisse besitzen."

„Nun, ich bin kein Rentner, aber Künstler", sagte Eduard zu seiner eigenen Überraschung, noch bevor er sich selbst den Mund verbieten konnte. „Ich war mal recht erfolgreich und habe eine Menge Bilder verkauft – ich verstehe mein Metier. Levi kann Ihnen bestätigen, dass ich mich gern um Kinder kümmere und Zeit habe ich auch." Er verharrte in hoffnungsvollem und zugleich ängstlichem Schweigen. Würde sie nachbohren und ihn mit Fragen löchern? Ihn auslachen und höhnisch abweisen, erschüttert von seiner Anmaßung und Dreistigkeit, sich für einen Job zu bewerben, von dem er eigentlich keine Ahnung hatte? Jedenfalls, was die Kinder betraf?

Anderseits: Sie hatte ein Problem und er bot eine rasche Lösung dafür. Er schätzte sie als Realistin und Pragmatikerin ein, Matilda nicht ganz unähnlich, obwohl diese nicht über ihre feurigmitreißende Ausstrahlung verfügte. Offenbar hatte sich bislang für das Stellengesuch niemand gemeldet, sonst hätte es längst den Weg von der Pinnwand in den Papierkorb gefunden.

Er war Maler. Er war gut. Er war hier. Und er war bereit, den Kids zu zeigen, wie man einen Pinsel hielt und Farben mischte, sich ein Motiv überlegte und die ersten Striche zog. Für ein Taschengeld, das wiederum auch für ihn einen weiteren kleinen Schritt heraus aus Not und Elend darstellte. Und am Ende dieser Geschichte, sozusagen als Sahnehäubchen, hätte er die widerspenstige und dadurch umso verlockendere Rektorin bald so weit, dass sie sich in seine Arme warf und die Dekoration auf seiner Bettdecke spielte! Sinngemäß natürlich! Was für ein fremdes, unerwartetes Feld, das da zu bespielen war! Und was für grandiose Chancen in vielerlei Hinsicht!

„Wie schön, Sie sind ein Künstler und haben Lust auf diese Arbeit?" Sie war ehrlich erfreut und erleichtert. Ihre dunklen Augen leuchteten und erhellten seinen Tag. „Kennt man Sie?"

„Ich war erfolgreich, aber ich gönne mir gerade eine Auszeit und möchte mich in anderen Bereichen betätigen. Der Ruhm hat mich gelangweilt", bekräftigte er und sah, wie ihre Knie unter dem Schreibtisch leicht zitterten.

(Erstaunlich, wie schnell weibliche Beine ins Beben kamen, wenn Status und Prestige ins Spiel geworfen wurden!) Wenn sie sich die Mühe machte, ihn zu googeln, dann würde sie Hunderte Seiten im Netz finden, die ausgiebig und lustvoll über seinen Aufstieg und den grandiosen Fall berichteten: Die Presse hatte sich seinerzeit geradezu darauf gestürzt und selbst jeder zweitklassige Blogger hatte das Thema für wichtig genug befunden, um es zu kommentieren.

Aber auf die Idee kam sie offenbar gar nicht, vielleicht hatte sie auch keine Zeit für solch alberne Aktivitäten, und Eduard war froh darüber, denn so konnte er die Lüge des Überfliegers aufrechterhalten.

Im Grunde war alles, was er sagte, selbst mit Wohlwollen betrachtet, die Unwahrheit. Ja, er *war* erfolgreich gewesen, aber dann war er in Ungnade gefallen und diesen Teil ließ er galant aus.

Und er wollte auch keine Kinder unterrichten, die auf Malen sowieso keine Lust hatten und lieber ihren Videospielen frönten und in den Netzwerken herumhingen. Aber er brauchte mehr Geld und hier war ein Job. Außerdem konnte er noch eine kleine Weile die Gegenwart Sabrinas genießen, und zwar auf seine ganz eigene, persönliche Art, bis er weiterziehen würde. Das könnte bald sein, vermutete er, denn sowohl Matilda als auch Sabrina konnten jede Sekunde seiner wahren Geschichte auf die Schliche kommen und dann war es vorbei mit dem Posieren und Angeben. Doch bis dahin konnte er doch wohl genießen, was das Leben ihm bot, oder? Er konnte sie knacken, das spürte er, er brauchte nur eine weitere Gelegenheit, sich ihr schmackhaft zu machen.

„Ich hab nicht viele Bewerber", sagte Sabrina Möhring und steckte den Kugelschreiber in den Stifthalter, der ebenfalls goldfarben war. „Ehrlich gesagt, hat sich bislang überhaupt niemand gemeldet." Sie flocht eine Kunstpause in das Gespräch ein. „Ich probiere es mit Ihnen. Bei der Wahl der Inhalte und Gestaltung der Kurse haben Sie freie Hand, aber wichtig ist, dass Ihnen die Leitung und Führung der Kinder gelingt. Ich vermute, Sie haben das drauf – mit Levi haben Sie ja doch ein bisschen Erfahrung sammeln können, obwohl Levi zugegebenermaßen ein unkompliziertes Kind ist. Man wird sehen. Ich schlage drei Kurse vor, jeweils montags, mittwochs und donnerstags von drei bis fünf Uhr. Material kriegen Sie gestellt, wir sind dank einer großzügigen Gemeinde gut aufgestellt, was das betrifft. Immerhin, wenn auch die Personalsituation eine Zumutung ist."

Eduard frohlockte. Die Arbeitszeiten vertrugen sich perfekt mit seinem Babysitterjob und als sie das Honorar nannte – er würde freiberuflich tätig sein, wie es früher der Fall war – hörte er schon gar nicht mehr hin. Das war nicht wichtig! Wichtig war, dass es bergauf in seinem Leben ging, in irgendeine Richtung, die aus der verdammten Sackgasse herausführte, in die er sich manövriert hatte! Die Dinge entwickelten sich gut!

Wie um den Beweis dafür zu erbringen, schenkte Sabrina ihm ein strahlendes Lächeln. Musste anstrengend sein, so viel zu grinsen! Er grinste dämlich zurück und war sich jetzt sicher: Da würde was laufen. Er spürte es in seinem Körper, er fühlte, wie die Schwingungen zwischen ihnen vibrierten. Ein Teil des alten Eduards kehrte zurück und füllte seinen Leib ganz und gar aus, machte es sich darin bequem, als sei er nie fortgewesen. Es war berauschend!

„Sie sind ein ungewöhnlicher Mann, Herr Schattschneider", sagte Sabrina, obwohl es gar nicht mehr nötig war, ihm Honig um den Mund zu schmieren. „Sie kümmern sich mit rührender Zuneigung um ihren Neffen und wollen sich nun auch noch der Schüler annehmen, obwohl Sie eigentlich zu Größerem bestimmt sind? Oder waren? Wie auch immer, sympathisch sind Sie auf jeden Fall. Offen und direkt, das gefällt mir."

Oh, ihr gefiel noch viel mehr, offensichtlich! Das heikle Kribbeln, das zwischen ihnen hin und her floss! Der Blick in seine sensible Künstlerseele, den er ihr gewährte, indem er bewusst die Lider etwas zusammenkniff und sich damit einen melancholischen, verschlafenen Anstrich verlieh! Seine feingliedrigen Hände, die nicht nur einen Pinsel sorgsam halten konnten! Man sah seinen Händen an, was sie mit Frauenkörpern zu tun vermochten und vielleicht sogar, dass sie darauf brannten, dies wieder einmal in Erinnerung zu rufen.

Eduard war in seinem Element! Sich ins Gedächtnis zurückzuholen, wer er vor seinem Drama gewesen war, verlieh ihm genügend Souveränität und Gelassenheit, um in diesem heimlichen Duell aus Blicken und, darin verborgen, unausgesprochenen Wünschen, die Oberhand zu erlangen.

„Herzlich willkommen in meinem Team", sagte Sabrina und reichte ihm die Hand. „Sie müssen ein paar Formulare ausfüllen, das bürokratische Zeug, darum kommen wir leider nicht herum. Das deutsche Bildungswesen hasst Geradlinigkeit. Aber das muss nicht sofort sein. Und ich hoffe, wir haben eine gute Zeit zusammen."

Sie sagte es mit einer ganz eigenartigen Betonung. Eduard erwiderte den Händedruck mit Kraft.

„Wir behalten trotzdem Levis Problem im Auge?", forderte er dennoch.

„Natürlich", versicherte sie. Sie stand auf und ging um den Schreibtisch herum. Zarte Figur, schöne Beine, Schneewittchenhaar, rote Lippen mit einem Stich in Magenta gehend auf cremeweißer Haut. Ein Duft wie von Magnolien und Zitronengras. Alle seine Härchen auf den Armen standen aufrecht.

„Ich schlage vor, wir treffen uns wöchentlich auf einen kurzen Plausch, dann können wir *Levis Problem im Auge behalten,* wie Sie es nennen, und über Ihre Erfahrungen in den Kursen sprechen. Aber das wird schon laufen, unsere Kinder sind recht einfach zu händeln."

„Das wage ich zu bezweifeln." Sie teilten ein gemeinsames Lachen, wie zwei Verschwörer, die hinter dem Rücken aller anderen eine kleine Gemeinheit aushecken.

„Wöchentliche Treffen klingt gut", sagte Eduard. Und sah sich schon über sie gebeugt, das verschwitzte Haar in der Stirn, das Hemd so weit aufgeknöpft wie ihre Bluse, die er ihr vom Körper streifen würde, um zu entdecken, was sich dahinter verbarg. Stellte sie sich insgeheim diese Art von Treffen vor? Er war sich nicht sicher, hatte aber eine deutliche Ahnung, die sich immer stärker ausprägte, je länger sie ihn anstarrte.

„Ich mag Männer, die ihr Handeln nach ihren Werten ausrichten", eröffnete ihm Sabrina, ganz und gar nicht mehr professionell in ihrer Rolle. „Ich wette, man sieht das auch Ihren Bildern an. Die Bilder guter Menschen sind aussagekräftig und schön."

„Und die Bilder schlechter Menschen sind blass und hässlich?" Eduard, der ihr viel zu nah gegenüberstand, rückte etwas ab. Ihre sorglos dahingeplapperten Worte hatten ihn tief getroffen. Das konnte sie natürlich nicht wissen, aber wenn ihre Theorie stimmte, dann hatte das Leben ihm mit dem Verlust seiner Bilder bestraft, weil er zu einem schlechten Menschen geworden war! Konnte das wahr sein?

Eduard trat noch einen Schritt zurück. Es kam fast einer Flucht gleich und schalt seinen selbstsicheren Auftritt von vorhin einen Witz.

Hatte die Schöpfung ihm eine Botschaft geschickt? Er hatte vermögenden Menschen, die selbst meistens alles andere als gut waren, eine Bühne geboten, indem er sie nicht nur auf Leinwand verewigte, sondern sie dank seiner Fingerfertigkeit und seines Gespürs für Formen und Farben auch noch in den buntesten Lichtern präsentierte, die sie sich eigentlich nicht verdient hatten! Er hatte lauter Lügen gemalt und den Lügenden dabei geholfen, ihre geschönten Unwahrheiten über sich selbst in der Welt zu verbreiten! War *das* sein Vergehen gewesen, für das man ihn abgestraft hatte? Die Sujets, die er gewählt hatte? Die Art seiner Umsetzung? Steckte in den hochwertigen und doch gleichzeitig wertlosen Porträts all dieser hochgestochenen Leute der unerschütterliche Fakt, dass Eduard Schattschneider überhaupt keinen Werten mehr gefolgt war, weder in beruflicher Hinsicht noch als Mensch?

Die angenehmen Flirtschauer verwandelten sich in zittriges Schaudern auf seiner Haut. Er fühlte sich plötzlich, als seien seine Knochen zu groß für seine Haut, als wäre die Gestalt seines Leibes zu eng. Er passte nicht mehr hinein und drehte und wendete sich innerlich, ohne eine bequeme Position zu finden. War es so, wenn man aus sich selbst herausfiel und zwei Schritte neben sich trat, um begreifen zu können, was zuvor im Dunkeln verborgen geblieben war?

Das war wohl das Geheimnis aller Erleuchteten: Ihr erhabener, liebevoller Geist strahlte aus ihren Kunstwerken, steckte zwischen den Farben und Schichten und war unverkennbar. Einem solchen Konkurrenten, der mit sich selbst im Reinen war und einen wahrhaftigen Weg verfolgte, würde ein zerrissener und oberflächlicher Geist wie Eduard niemals das Wasser reichen können! Alle Kunstfertigkeit und jedes Talent nützte nichts, wenn es einer liederlichen Persönlichkeit zu dienen hatte!

Er fühlte Scham und Bedauern über seinen Verlust, aber auch eine Art widerwillige Dankbarkeit, denn hatte ihm das Leben nicht gerade eine Erklärung in die Arme gespült? Und damit vielleicht eine Lösung seines größten Problems? Er musste „nur" zu einem guten Menschen werden, der nach seinen inneren Werten strebte und versuchte, sein Handeln, Denken und Fühlen danach auszurichten! Wenn ihm das gelang, würde das Leben ihm seine Malerei vielleicht zurückgeben und dann konnte er dort anknüpfen, wo er in den Dreck hinabgestürzt war!

Eduard floh aus dem Büro, wohl wissend, dass er wiederkommen würde, weil er gar nicht anders konnte. Nicht, um von seiner Arbeit mit den Kindern zu berichten oder von Levi zu sprechen, sondern um seinen Trieb zu befriedigen! Das mit den Werten war leicht gesagt, aber in der Realität schwer umgesetzt.

Er probierte trotzdem heimlich am selben Abend, die mögliche Lösung zu realisieren.

Im Schutz seines Bullis und im Schein einer seiner kleinen Lampe dachte er positive und wertvolle Gedanken, die alle Menschen in seinem Leben einschloss, selbst jene, auf die er wütend war. Dann skizzierte er mit seiner Handvoll Buntstifte das attraktive Gesicht der Rektorin auf ein Blatt Papier. Er konnte ihr das fertige Bild mitbringen, um ein bisschen Eindruck zu schinden und zu beweisen, dass er seine Arbeit tatsächlich aus dem Effeff beherrschte. Vielleicht genügte das, um sie sich gefügig genug zu machen, um in ihr Allerheiligstes eingeladen zu werden – und damit war nicht die Schule gemeint.

Zum Teufel mit moralischen Grundsätzen! Wenn er Sabrina Möhring für einen Moment beglückte, dann tat er doch auch etwas Gutes, oder etwa nicht? In seinen Armen würde sie sich schön, begehrt und entspannt fühlen! War das nicht auch ein Geschenk, selbst, wenn es nicht von Dauer sein würde? Und selbst, wenn es Matilda und

Levi auf eine Weise verriet, über die er nicht ernsthaft nachdenken wollte?

Handwerklich gelang ihm das Bild gut, obwohl er seit Längerem nichts mehr gezeichnet hatte. Er ging mit einem Gefühl von Hoffnung zu Bett, das sein Herz wild in der Brust schlagen ließ.

Doch bereits am anderen Morgen zeigte sich das Desaster: Die weichen Linien waren wie ausradiert, alle Farben verblasst. Das zuvor schmeichelnde Porträt war das Werk eines Stümpers, der mittendrin abgebrochen zu haben schien. So hatte der Sekretär des reichen Sackes es formuliert.
Die unselige Geschichte wiederholte sich.

Dies ließ vermuten, dass entweder Sabrinas Theorie nicht zutraf, oder Eduard ein Mensch war, der sein Leben eben nicht nach Werten ausrichtete, wie sehr er sich auch bemühte. Er vermutete, dass Letzteres zutraf und war so niedergeschlagen wie schon lange nicht mehr.

Nun gut, die Schulleiterin flachzulegen würde ihn wohl über seine Enttäuschung hinwegtrösten. Jetzt gerade! Wenn er die Kunst nicht für sich zurückerlangen konnte, war es doch nur recht und billig, sich mit den wenigen Vergnügen zu belohnen, die ihm stattdessen zur Verfügung standen.

Er beschloss, nicht mehr darüber nachzugrübeln, dass der abstoßende Teil seiner Persönlichkeit offenbar nicht aus seinen Bildern herauszukriegen und überdeutlich erkennbar für jeden war, der ihn entdecken wollte. Das Malen, entschied er, passte für ihn nicht – noch nicht wieder oder einfach nicht mehr. Er würde es wieder aufgeben und stattdessen die Freuden des Fleisches und der Lust genießen. Das konnte ihm doch wohl nicht auch noch verwehrt werden!

Das Porträt würde er dem anvisierten Objekt seiner Begierde freilich nicht mitbringen. Es mussten andere Qualitäten herhalten, um sie zu überzeugen.

Vierte Lektion:

*Kunst ist ein Ausdruck
der Werte dessen,
der sie erschafft
und all derer,
die sich von ihr berührt fühlen.*

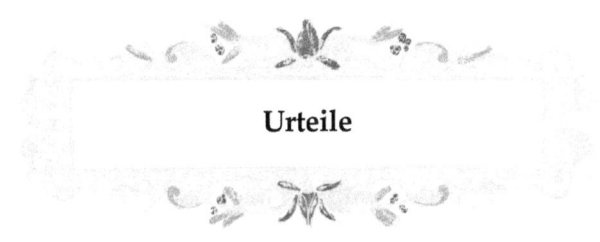

Urteile

Schnell waren die gemeinsamen Stunden mit Matilda und Levi nicht nur zu einer lieben Gewohnheit, sondern sogar zu einer Kostbarkeit geworden. Die kurzweiligen, die sie im Stadtpark bei Picknick und einem Federballspiel verbrachten. Die lustigen, wenn sie über den Tisch voller Köstlichkeiten hinweg plapperten und scherzten, als hätten sie nie etwas anderes getan. Die trägen, die sie schweigend auf dem Sofa vor einem spannenden Film verbrachten, Matilda und Levi eng aneinandergeschmiegt, Eduard in gebührendem Abstand daneben und doch über eine Art unsichtbare Schnur irgendwie gedanklich mit ihnen verbunden.

Er liebte Levis Lachen, wenn die Trickfilmfiguren albernen Quatsch machten. Er liebte Matildas prüfenden Blick, der sie aussehen ließ wie eine Universitätsprofessorin während einer Klausur, den sie an den Tag legte, wenn sie durch die Listen scrollte, um einen passenden Film auszuwählen. Kaum zu glauben, dass er sie vor ein paar Wochen noch nicht einmal gekannt hatte!

Eduard begann zu ahnen, dass das Konzept *Familie* trotz all seiner Schwierigkeiten und Unzulänglichkeiten durchaus einen ganz eigenen Wert darstellte, der ihm bisher verborgen geblieben war. Ein Hauch von Melancholie begleitete diese Gedanken, weil er nicht vergessen konnte, dass es unweigerlich enden würde. Aber für den Moment überwog die Freude – eine Freude, wie er sie lange nicht mehr gespürt hatte. Vielleicht zuletzt als Kind, als er frei von Pflichten, Plänen und Terminen durch das Gelände seines Heimatortes gestreift war, immer auf der Suche nach einem kleinen, harmlosen Abenteuer, was ihm damals wie eine Wanderung durch fremde Dschungelwelten erschienen war.

Doch an jenem Tag erschien Levi nicht wie der Sonnenschein, als der er sich sonst mühelos in Eduards Herz mogelte. Alles an ihm schien von einem großen Fragezeichen zu künden, das Unsicherheit und eine große innere Anspannung verriet: Die Bewegungen waren eine Spur zu langsam, um zu einem unbeschwerten Grundschulkind zu passen. Die Augen wirkten etwas zu alt in dem kindlich-zarten Gesicht. Seine ganze Erscheinung entsprach nicht dem üblichen Gesamtbild, ohne dass man genau hätte feststellen können, woran es lag. Der Junge war wie ein Legoturm, bei dem der Baumeister heimlich einen Stein falsch gesetzt hatte.

Matilda, die selbst ein feinfühliges Wesen war und es ihrem Jungen vererbt hatte, spürte natürlich, dass etwas nicht stimmte. Und es war auch nicht schwer, zu erraten, mit welchem Thema Levis offensichtliche Bedrückung zusammenhing. Sie bohrte nicht nach, was Eduard wunderte, denn er selbst hätte wohl wenig sensibel direkt nachgehakt, wäre es seine Zuständigkeit gewesen. Stattdessen signalisierte sie dem Kind, dass sie als Gesprächspartnerin, Trösterin und Ratgeberin zur Verfügung stand, er selbst aber entscheiden durfte, ob und wann er sich mitteilen wollte.

Erst bei der abendlichen Gute-Nacht-Lektüre nutzte Levi die letzte Chance, sich seiner Mutter hinter verschlossenen Türen anzuvertrauen.

Eduard bekam davon nichts mit, weil er, wie es sich eingebürgert hatte, das Geschirr spülte. Er wollte Mutter und Sohn etwas gemeinsame Zeit zu verschaffen, die sonst von der Hausarbeit und allen anderen Verantwortungsbereichen des Lebens ständig gierig benagt wurde, bis nur noch kleine Krümel davon übrig waren.

Matilda kam mit eben jenem bekümmerten Gesichtsausdruck in den Wohnbereich zurück, der sich den ganzen Abend auch schon wie ein Schatten über Levis feine Züge gelegt hatte. In der Hand hielt sie ein Bild, das sie auf den Tisch legte. Eduard kam näher, das Geschirrtuch noch über der Schulter und den Salzstreuer, den er auf den Küchentresen stellen wollte, in der Hand. Er beugte den Kopf.

Das Bild war ein filigraner kleiner Schatz. Sehr bunt und detailreich hatte Levi den Park abgebildet, den Eduard sofort erkannte. Im Vordergrund die Wiese, dahinter ein blühender Magnolienbaum. Der Teich mit den Enten, in der Ferne ein Spaziergänger in dunklem Trenchcoat mit einem Hund an der Leine. Über der mit Blumen übersäten Wiese schwebten Schmetterlinge und Bienen. Eduard fand es wunderschön, weil es genau die Stimmung transportierte, in der sie sich beim letzten Besuch dort befunden hatten.

„Sie sollten einen Ort malen, den sie sehr gern mögen", erklärte Matilda und setzte sich an den Tisch, die Finger fahrig an der Stirn. Sie wirkte erschöpft, der Arbeitsalltag und die Aufgaben als Alleinerziehende verlangten ihr jeden Tag eine Höchstleistung ab. „Er hat eine Vier dafür bekommen. Mal wieder. Der Kunstunterricht ist eine einzige Ansammlung an Ohrfeigen für ihn und egal, wie sehr er sich anstrengt, dieses Fach bleibt ein dunkler Fleck auf seinem Zeugnis. Wie soll man ihm helfen?" Ihre Stimme war wächsern, tönern, schattig. Als fehle nur noch ein winziger Tropfen, um ihrem großen Fass voller Zuständigkeiten und Verantwortungen den Boden auszuschlagen. Es hielt sowieso nur noch unter Mühen und mit viel Improvisation, die Kraft kosteten. Es konnte schnell zum Trümmerfeld werden.

Eduard konnte nicht begreifen, was er hörte. Er legte das Geschirrtuch über die Stuhllehne und stellte das Salz neben das Bild, das er näher zu sich heranzog und genauer betrachtete.
Wie viel Liebe und Herzenswärme darin steckte! Und Zeit! Levi musste stundenlang daran gemalt haben, denn nicht nur die Ausführung war außerordentlich sauber und sorgfältig, sondern er hatte sich auch bei den Kleinigkeiten viel Mühe gegeben: Jede Blüte am Baum besaß einen andersfarbigen Kern als die Blütenblätter, die Enten hatten ein vielfarbiges Gefieder und der Hund trug ein Muster auf dem Halsband. Eine Vier? Für dieses Bild? Der Lehrer musste besoffen oder irre sein!

Eduard fühlte Schmerz und Wut: Wie musste dieses Urteil den armen Levi bis ins Mark getroffen haben! Kein Wunder, das er den ganzen Abend wie ein Schluck Wasser in der Kurve herumgehangen hatte und auch nichts hatte essen wollen, obwohl er Spaghetti sonst liebte! Und warum bewertete man Kunst überhaupt? Hatte die Schulpolitik in all den Jahrhunderten überhaupt nichts begriffen? (Er war so voller Zorn, dass ihm nicht auffiel, wie radikal und regelmäßig er selbst den Kunstbetrieb und seine Resultate immer bewertet hatte! Oder die Menschen – Mäzenen, Kunden, Kunstkenner, Kritiker – um ihn herum! Er hatte nur das verdammte Glück gehabt, den Geschmack der Massen zu treffen und dadurch einem vernichtenden Urteil aus dem Weg gehen zu können.)

„Es hält sich nicht an die Vorgaben", erläuterte Matilda hinter ihrem wirren Vorhang aus gekräuselten Haaren müde. „Die Sonne ist blau, die Schmetterlinge sind größer als der Hund, der Weg verschwindet im Nichts. Die Perspektive stimmt nicht, die Farben passen nicht. Es sollte wohl ein realistisches Abbild werden, aber es ist eine psychedelische Fantasiewelt von einem Jungen, der die Welt zu speziell wahrnimmt."

„Die Sonne ist blau, weil Blau Levis Lieblingsfarbe ist", brauste Eduard auf.

„Ja", stimmte Matilda zu. „Und er sagt, er habe die Schmetterlinge extra so groß gemacht, damit er auf den Flügeln genug Platz für die vielseitige Farbgestaltung hat, die ihm vorschwebte. Aber das war eben nicht die Aufgabe. Und Wege, die plötzlich enden, gibt es nicht."

„Oh, die gibt es sehr wohl! Manchmal verschwinden Wege im Nichts, auch, wenn die Logik uns etwas anderes weismachen will. Levi hat ein erstaunliches Gespür für Philosophien und Geheimnisse – und das Bild ist toll! Es weckt Gefühle beim Betrachten! Was will ein Maler denn mehr?"

„Das spielt keine Rolle", erwiderte Matilda und rieb sich die Augen. „Die Aufgabe war klar formuliert und Levi hat sie nicht wie erwartet umgesetzt. Man kann nicht immer seine eigenen Regeln machen, so funktioniert das Leben nicht. Stell dir vor, seine Lehrerin Frau Bachmann hat ihm sogar weisgemacht, sie sei noch großzügig und nachsichtig, weil sie ihm keine Fünf reingedrückt hat! *Thema verfehlt*, das ist nicht einmal eine Vier wert, außer durch Mitleid."

„Die Bachmann war das?", rutschte es Eduard heraus. Ja, das sah dieser Möchtegernpädagogin ähnlich! Matilda hob die Brauen.

„Du kennst sie?"

„Nein", beeilte sich Eduard zu sagen, „natürlich nicht, aber die Art dieser Lehrer kenne ich, ich hab unter denen schon vor dreißig Jahren gelitten." Er atmete tief durch, um sich wieder zu beruhigen. Blinder Aktionismus – und genau der hätte ihm persönlich gerade gutgetan – würde Levi nicht helfen. Man musste mit vernünftiger Argumentation versuchen, das in den Brunnen gefallene Kind vorsichtig wiederzubeleben. Die Note war das eine, aber was diese Erfahrung – eine von vielen, die nicht minder schlimm waren – mit der Seele Levis machte, war weitaus grausamer. Vielleicht konnte er gegensteuern, indem er ihn in seiner Funktion als Künstler mit Ahnung aufklärte, unterstützte, bestärkte? Eduard ahnte, das würde nicht viel helfen. Es war Janina Bachmann, die als Klassenlehrerin eine Rolle für ihn spielte. *Ihre* Anerkennung und Bestätigung brauchte er, nicht die irgendeines dahergelaufenen Porträtmalers, der aus einer ganz anderen Welt stammte!

„Das ist nicht Kunst, solch enge Vorgaben vorzuschreiben und damit die ganze Fantasie und Kreativität zu beschneiden", sagte er unwillig. „Mit Kunst hat das überhaupt nichts zu tun."

Ihm fiel durchaus auf, dass er es genau so gemacht hatte: *Festgelegtes Sujet, abgesprochene Gestaltung, immer das Gleiche, nie etwas Neues. Null Kreativität.* Eduards eigene Sonnen waren immer folgsam gelb gewesen und die Personen auf seinen Bildern entsprachen dem Wunschbild, das sie selbst von sich hatten. Von Eduard selbst hatte viel weniger darin gesteckt, als diese blausonnige Parklandschaft mit Menschen und Tieren über Levis Inneres preisgab.

„Ich freue mich, dass du das sagst und ich sehe es genauso", sagte Matilda. „Aber in der Schule gelten Regeln und an die muss man sich halten, wenn man erfolgreich sein will. Wenn Levi später mal, sagen wir, als Bauzeichner arbeitet und dem Kunden ein rundes Baumhaus entwirft, dieser aber einen kastigen Schuhkarton mit Flachdach in Auftrag gegeben hat, wird er sich noch viel mehr Ärger einhandeln."

„Wenn alle Menschen sich immer an die bestehenden Vorgaben gehalten hätten, gäbe es nie etwas Neues auf der Welt. Keine Erfindungen, Experimente, Erneuerungen, Verbesserungen, Entdeckungen, Erfahrungen!"

„Mag sein, aber Levi hat nicht das robuste Nervenkostüm, um sich als Pionier in einer Welt zu behaupten, die Regelverstöße unter Umständen hart bestraft. Dafür braucht es ein dickes Fell! Sollen die kräftigeren Naturen das Neue ins Leben stoßen. Dieses Problem ist außerdem nur ein kleines. Da liegt ja in der Schule noch viel mehr im Argen."

Resignation auf allen Ebenen. Matildas Blick war leer, ihre Augen wirkten geschwollen, als würden sie Tränen wegsperren, die nicht geweint werden durften, weil weder Zeit noch Gelegenheit dafür war. Sie erhob sich und griff nach dem Geschirrtuch.

„Du wirst also nicht nachfragen? Die Lehrerin damit konfrontieren, dass du die Dinge anders siehst? Für Levi in die Bresche springen?", schlussfolgerte Eduard, dessen Blick an der blauen Sonne festhing.

„Nein." Matilda schüttelte den Kopf. „Ich habe Levi gesagt, dass ich sein Bild sehr schön finde und er Talent hat, aber dass andere Menschen eben eine andere Meinung haben und dass Janina Bachmann sich an die Vorgaben des Lehrplans halten muss. Das ist alles, was möglich ist. Diese Lektion mag schmerzen, aber besser, er lernt bald, sich anzupassen, sonst wird er immer wieder stolpern, straucheln und fallen. Man kann nicht sein ganzes Leben im Widerstand gegen herrschende Normen zubringen, das macht einen ja verrückt. Und Sonnen sind nun mal gelb, höchstens mal orange oder rot. Aber niemals blau."

Ratlos rieb sich Eduard das Kinn. Er hatte nie Vieren im Malen kassiert, aber im Gegensatz zu seinen eigenen Bildern war dieses hier herrlich bunt und voller Lebensfreude. Vielleicht war er nicht mehr der Richtige, um irgendeine Art von

Kunst zu beurteilen. Vielleicht spürte er aber auch nur überdeutlich, dass Matilda, die schon einige Schläge vom Schicksal hatte wegstecken müssen, in ihrer Überzeugung nicht zu erschüttern sein würde. *Problem durchdacht, Fakten akzeptiert, Problem gelöst.* Naja, nicht ganz, Levi würde seine liebe Mühe damit haben. Aber, das musste Eduard auch einsehen, beim nächsten Mal würde er die Sonne wie gefordert gelb malen, und einen großen Hund und im Verhältnis kleinere Schmetterlinge. Er würde dann eine Zwei bekommen und sein Zeugnis retten. Und er würde mehr und mehr die Verbindung zu seiner Intuition, seiner Imaginationskraft, seiner Gestaltungsfreude, seiner Seele verlieren. Es war ein hoher Preis – aber welche Alternative gab es? Leben in der Postmoderne hieß, es gab zwei Möglichkeiten: *Mach, was von dir erwartet wird, und du wirst mit Erfolg belohnt werden, dich dafür aber selbst ein Stück weit verlieren. Oder mach dein Ding, aber mach es einsam.*

Gab es wirklich nichts dazwischen? Einen Kompromiss? Eduard ahnte, dass Kompromisse immer etwas Halbgares waren, was keiner der beiden Seiten im Ansatz gerecht wurde, aber er wünschte sich sehnlichst, es sei anders. Nicht nur für Levi – sondern auch für sich selbst.

Er entschied, sich ein weiteres Mal einzumischen, wohl wissend, dass gewaltiger Zoff damit nicht lang auf sich warten lassen würde. Die Wolken zogen bereits am Horizont auf und das Donnergrollen war schon in der Ferne zu vernehmen. Wie hätte er als ein selbst Betroffener, dem Kreativität und Schaffenskraft auch geraubt worden war, da auch schweigend zusehen können?

Er wusste doch, dass die eigene Persönlichkeit durch eine solche Erfahrung – oder vielmehr einer endlosen Kette vieler kleiner Erfahrungen dieser Art – sich auf eine Weise veränderte, die unerträglich war. Levi sollte das nicht passieren!

Fünfte Lektion:

Kreativität will
wild, frei und ungebändigt sein.

Sie erstickt unter
Fesseln,
Vorgaben,
Erwartungen,
Urteilen,
Einschränkungen,
Konzepten
und allzu viel Planung.

Von Gefängnissen

Die zweite Begegnung zwischen der Rektorin und dem „Onkel" fand nicht nur schneller statt als geplant, sie lief auch weitaus weniger förmlich ab. Floskeln und Höflichkeiten schienen nicht mehr notwendig. Levis Bild – und das war eine echte Schande – bildete zwar den Auftakt für ein gemeinsames Gespräch, blieb aber nicht lange Thema.

Nach nur wenigen Sätzen stimmte Sabrina Möhring zu, ein weiteres Mal mit der Kollegin Bachmann zu sprechen, um das Problem mit der blauen Sonne aus der Welt zu schaffen. Dann überwog die blanke Fleischeslust, was so peinlich und unglaublich war, dass es schon wieder Spaß machte. Oder war es die Gier nach Selbstbestätigung und Bewunderung, die Eduard dazu zwang, probeweise immer näher an die begehrte Frau heranzurücken und ihr schließlich sanft mit seinen feingliedrigen Künstlerhänden ins Haar im Nacken zu greifen?

Ein Seufzen, ein Kuss, geschlossene Augen. Der Duft von Sonnencreme und Lippenstiftresten, eine Pause wie aus der Zeit gefallen, ungesehen von der Welt. Sie rissen sich wie in einem schlechten Film die Klamotten von den Leibern und endeten engumschlungen und atemlos auf der Schreibtischplatte, direkt neben dem SM-Kugelschreiber und einem ausgetrockneten Teebecher.

Es war gut – berauschend, abenteuerlich, größenwahnsinnig. Es war ein Moment, in dem das Hirn ganz und gar abgeschaltet war. Doch wie ein nicht mehr genutztes Atomkraftwerk blieb auch bei abgestellten Brennstäben die gefährliche Strahlenleistung beängstigend hoch: Nach diesem Ereignis fühlte Eduard sich wie ein Verbrecher, der sich Matildas und Levis – und nicht zuletzt auch Sabrinas – Vertrauen unter falschen Vorzeichen erschlichen und dann missbraucht hatte.

An der Situation änderte dieser Vorfall rein äußerlich nichts. Sabrina war eine erwachsene Frau, die mit einer nicht ganz sauberen Affäre (oder wie auch immer man es nennen wollte) souverän würde umgehen können. Moralische oder gar rechtliche Verpflichtungen gegenüber Matilda, die seine Arbeitgeberin und nicht etwa seine Freundin war, gab es keine. Und immerhin würde, wie Sabrina ihm zugesichert hatte – Eduards Überredungskünste brauchten nicht einmal Worte – Levis Bild noch einmal zur Sprache kommen und diskutiert werden. Was einem kleinen

Erfolg entsprach. Aber innerlich fühlte sich Eduard, als sei ein verheerender Tornado durch ihn hindurchgefegt. Mit diesem neuerlichen Akt absolut fehlender Selbstkontrolle war er von seinem Ziel, ein guter Mensch zu sein, weiter entfernt denn je. Und damit war auch seine Kunst nicht mehr greifbar. Wie ein schöner unrealistischer Traum rückte das Vorhaben, er könnte je wieder tolle Bilder fabrizieren und seinen Lebensunterhalt als selbstbestimmter Künstler verdienen *(War er wirklich selbstbestimmt gewesen?)* In eine unerreichbar weite Ferne.

Eduard nahm all das am Rande wahr, aber vielleicht war sogar das der Grund, warum er diese Gelegenheit wahrnehmen musste: Um den Schmerz des Verlustes überhaupt ertragen zu können gelang es ihm nicht, den erotischen Rettungsstrohhalm abzulehnen. Jedenfalls redete er sich das ein. Wie Levi paddelte er in einer unangenehmen Suppe aus Groll, Traurigkeit, Scham und Hoffnung, immer mit der Bedrohung im Hinterkopf, jederzeit darin zu versinken. Der Sex mit einem anderen Menschen bot seinem brüchigen Ich einen Hafen, bevor auch das letzte Schiff, das unter seiner Flagge gesegelt war, noch unterging und seine Identität vollkommen der Vergessenheit anheimgab.

Schon immer hatte sein Ich aus zwei relevanten Komponenten bestanden: Künstler und Mann. Der Pinsel war ihm genommen worden. Er konnte es unmöglich ertragen, auch noch den zweiten und letzten Teil seiner selbst aufzugeben! Und so lag auch eine gewisse Verzweiflung in diesem Akt, die zu ignorieren er beschlossen hatte.

Sabrina schien davon nichts zu merken. (Und oh ja, auch Frauen konnten zu einem echten Opfer ihrer Lust werden, wenn man wusste, welche Knöpfe man zu drücken und welche Komplimente man zu sagen hatte!) Sie wirkte danach zufrieden und in sich ruhend und hatte augenscheinlich auch keinen Redebedarf, denn sie griff, nachdem sie in Rock und Bluse zurückgeschlüpft war und sich die Haare zusammengebunden hatte, nach einem Stapel Papiere, den zu bearbeiten sie wohl gedachte.

Der Rausch verflog. Kurz erinnerte sich Eduard an das schäbige Bild, das er von Sabrina gemalt hatte, um es ihr zu schenken und Eindruck damit zu schinden, was aufgrund der rätselhaft verblassten Farben ja nun nicht mehr funktionierte, aber auch nicht nötig gewesen war, weil sie sich ihm ja auch so hingegeben hatte. DAS war früher sein Talent gewesen und was war heute davon übrig? Das Einzige, was seine Hände noch zustande brachten, waren unsichtbare Linien und Kurven auf dem Körper einer Frau, und nicht mal da konnte man sicher sein, dass die Qualität den Ansprüchen genügte!

Wohin war es mit ihm gekommen? Er war ohne festen Job, ohne nennenswertes Einkommen, ohne festen Wohnsitz, ohne soziales Netz, ohne Zukunftsperspektive. Er hangelte sich von einem Hilfsjob zum anderen, ohne jemals Wurzeln schlagen zu können. Und anstatt sich um Levis Probleme zu kümmern, vögelte er dessen Rektorin im Büro einer kleinen provinziellen Grundschule. Himmel! War er nicht viel zu alt für Experimente, die man unter *jugendlichem Leichtsinn* verbuchen durfte? Was hatte er aus sich gemacht und was würde in der Zukunft noch folgen?

Er mochte sich Matildas verletztes Gesicht, wenn sie von seinen Aktivitäten hinter ihrem Rücken erfuhr, nicht einmal vorstellen. Dann waren seine Stunden in dieser winzigen Familie voller Geborgenheit und Zuneigung Geschichte! Und doch würde es so kommen, so war es doch immer. Früher oder später gerieten die Heimlichkeiten ans Tageslicht und man musste Rede und Antwort stehen. Er würde die Gesellschaft Levis verlieren und in seinem Bulli weiterziehen müssen.

Wohin, das wusste vermutlich nicht einmal der liebe Gott.

Eduard räusperte sich.

„Bitte kümmere dich um Levis Bild und das Mobbing, wie wir es besprochen haben", versuchte er, noch etwas zu retten, um sein Gewissen zu beruhigen. „Erbitte dir von der Kollegin Bachmann die Möglichkeit, das Bild noch einmal zu malen und dann zeige ich ihm, wie die Perspektive für den Weg richtig ist und warum die Schmetterlinge kleiner sein müssen als der Hund."

„Und warum Sonnen nicht blau sind?" Sabrina blickte leicht belustigt über den Rand ihrer Lesebrille hinweg, es war ihr nicht schwergefallen, sofort zu ihren Aufgaben überzugehen. „Bitte kümmere *du* dich gut um die Schüler, die ich dir für die Zeichenkurse anvertraut habe", gab sie zurück. Eben noch enthemmte Geliebte, nun wieder ganz und gar Führungskraft.

Ach ja, die Zeichenkurse! Mit Grundschülern, die vermutlich weder Talent noch auch nur einen Funken Disziplin besaßen. Trotzdem erwärmte sich Eduard an dieser Vorstellung. Immerhin würde er wieder malen dürfen, wenn auch in einem sehr beschränkten Rahmen. Er würde sein

Wissen und Können teilen und weitergeben können. Ob sein Angebot nun angenommen oder verweigert werden würde: Er hatte hier eine Chance, etwas Gutes zu geben. Sein Bestes! Es würde nicht sein wie früher, wenn er wie in einer Manie seine Pinsel geschwungen und nachher über das Ergebnis gestaunt hatte. Doch gab es ihm nicht trotzdem alles, was er gerade brauchte? Farben und Handwerk, menschliche Gesellschaft und eine Aufgabe! Vielleicht würde doch noch alles gut werden!

Eduard schluckte den bitteren Eindruck, der sich auf seine Sinneszellen gelegt hatte, herunter und verabschiedete sich linkisch. *Nein,* entschied er, *es war noch nichts verloren.* Ihm bot sich jeden Tag die Chance, sich sein altes Können – und damit sein altes Leben – zurückzuerobern! Er brauchte nur Geduld und Hingabe, einen langen Atem und die Bereitschaft, Lektionen zu verinnerlichen! Er würde dranbleiben. Etwas anderes war derzeit sowieso nicht möglich.

Und was sollte es schaden, wenn er sich die Lage zwischendurch mal etwas mit einer kleinen erotischen Begegnung versüßte? Auch sein Selbstvertrauen, das so angeschlagen war und echt gelitten hatte, verdiente doch etwas Aufmerksamkeit! War es nicht sogar seine verdammte Pflicht, sich selbst wieder aufzupäppeln und dadurch vielleicht zu alter Stärke zurückzufinden? Wie viele Ausnahmekünstler wie ihn gab es denn auf der Welt? Er war es der Welt schuldig, ihr sein Können zur Verfügung zu stellen, als Künstler, als Mensch und als Lehrer! Und genau das würde er auch tun!

„Bis später", sagte Sabrina, womit sie einerseits verriet, dass sie nun in Ruhe arbeiten wollte, andererseits diese Begegnung nicht unbedingt als einmalige Ausnahme betrachtete. Eduards Herz schlug schneller, als er ging.

Sechste Lektion:

*Talente,
die vom Leben geschenkt wurden,
wollen genutzt
und ausgelebt werden.*

Ein Sack Flöhe

Einer von den aufsässigen Zwergen hatte irgendwo die Begrifflichkeit für das weibliche Genital aufgeschnappt und sein neues Wissen gierig mit den kichernden Mitschülern geteilt. Es war also kein Wunder, dass die Nachmittagskunstgruppe ihren neuen Lehrer von der ersten Sekunde an „Herr Schattscheide" nannten, was ordentlich für Erheiterung sorgte und Eduard schon etwas von seiner Autorität kostete, noch bevor er überhaupt den Raum betreten hatte.

Auch hatte er sich das Ganze etwas einfacher vorgestellt: Er hatte gedacht, nach einer kurzen Vorstellung würde er die Aufgabe erklären (über die er sich zuvor ausführlich Gedanken gemacht hatte), Papier, Farbkästen, Pinsel und Wasserbecher verteilen und dann zwei Stunden zufrieden beobachten, wie zwölf Kinder vertieft vor sich hinmalen. Womit er nicht gerechnet hatte, war dieser sirrende Bienenstock, der direkt auf die allerempfindlichsten Nerven drückte. Und schon gar nicht mit dieser Verweigerung, Provokation und Unlust, die ihm entgegen wallte, kaum, dass er für zwei Sekunden zu Wort gekommen war.

Wie es der Zufall wollte, handelte es sich ausgerechnet um Levis Jahrgang und so würde er wohl in den Genuss kommen, sich nicht nur einer ärgerlichen Arbeitsverweigerung gegenüberzusehen, die ihn ratlos machte und völlig überforderte, sondern auch ein direkter Zeuge des Mobbingprozesses werden, über den Levi im Detail kaum sprach.

Die Gruppe – acht Jungen, vier Mädchen – hatte sich gegen ihn verschworen. Nicht einmal die Aufgabe ließen sie ihn bis zum Schluss erklären, bevor sich wildes Geschrei erhob: „Nö! Keinen Bock! Scheiße! Wollen wir nicht!"

Eduard schluckte. Für Grundschulkinder waren die ganz schön pubertär! Als er die Blätter austeilte, faltete einer einen Papierflieger, was immerhin kreativ war, und zwei andere zerrissen es prompt und ließen die Fetzen auf den Tisch rieseln. Farbkästen landeten auf dem Boden, wobei die Farben heraus bröckelten und unter Schuhsohlen ihr unrühmliches Ende fanden. Die gefüllten Becher setzten Tische, Hosen und Haare unter Wasser, bis zu den Scheiben flogen die Tropfen. Die Kinder liefen durch den Raum, brüllten, tobten, zerstörten, boykottierten.

Er hielt einen blonden Jungen am Shirt fest, der sich empört losriss und ihm ins Gesicht schlagen wollte. „Lass mich", schrie er, „ich sag es meinem Vater und dann bist du erledigt! Wir haben einen Anwalt für solche Fälle!"

Eduard ließ den rotbackigen Jungen, der ordentlich Übergewicht mit sich herumschleppte, los. „Du brauchst einen Anwalt, weil du einen Apfel malen sollst?", fragte er voller Verwunderung.

„Nein, aber wenn du mich zwingst, den Scheißapfel zu malen, dann schon! Und wenn du mir eine Kacknote gibst, weil ich deinen Scheißapfel nicht gemalt habe!"

„Das heißt „Sie", Finn", belehrte ihn eine Klassenkameradin mit Pagenschnitt. „Du musst „Sie" sagen, auch im Hort. Und Noten gibt es hier nicht, das ist eine AG."

„Leck mich, Lea!", schrie Finn und tunkte die Hand in das Wasserglas auf dem Tisch, bevor er mit der Hand im Farbkasten herum panschte und alle Farben ineinander schmierte. Eduard hätte nun versuchen können, dem Treiben Einhalt zu gebieten, mit Lautstärke, mit Druck und Strenge, mit Drohungen. Aber es war so fasziniert und überrascht von dem lebendigen Geschehen, dass er sich entschied, es noch eine Weile zu beobachten. Dass er irgendwen hier dazu brachte, einen Apfel zu malen, war sowieso ausgeschlossen, so viel stand fest. In seinen Ohren summte und kreischte es von der Lautstärke um ihn herum.

Finn verzierte den Tisch auf eine aggressive, nicht unkünstlerische Weise. *Egal*, dachte Eduard, *es sind nur Wasserfarben.* Sie waren leicht zu entfernen. Die würde die Mutter dieses Rabauken wohl auch aus den Klamotten rauskriegen. Ihm fiel auf, dass doch der größere Teil der Kids ratlos etwas abseitsstand, das Geschehen ebenfalls beobachtend. Vermutlich war mit Zwang nichts zu erreichen. Diese herumlaufenden Kinder mit zu viel Energie und reichlich unterdrücktem Zorn ließen sich sowieso nicht einfangen, sie waren wie Wildpferde, die sich nicht zähmen ließen.

Aber vielleicht ablenken? Es wirkte, als seien ein paar ganz interessiert, aber das konnte natürlich auch eine Falle sein. Vermutlich galt ihr Interesse der Reaktion des peinlich berührten und gestressten Lehrers, dessen Fall sie zu erleben wünschten. Klassische Mitläufer, schon in jungen Jahren: Nicht mutig genug, um selbst aufzufallen, aber immer in der vordersten Reihe, wenn es jemanden erwischte, am liebsten natürlich einen hilflosen Erwachsenen. Eduard spürte, dass er alldem nicht gewachsen war, er kannte keine Strategien und schon gar keine Tricks und Methoden, um eine solche Situation in den Griff zu bekommen. Aber er dachte an die hysterischen Frauen, die er gekannt hatte. Sie waren mit Ignoranz am ehesten dazu gebracht worden, ihr Theater aufzugeben und sich wieder zu beruhigen, ganz gleich, ob er einen Termin verpasst hatte oder fremdgegangen war. *Abkühlen* war das Zauberwort!

Als Finn zur Tafel rannte und sich dort eine Kreide schnappte mit den Worten: „Die stecke ich mir jetzt in den Arsch!", wandte Eduard sich ab und setzte sich an einen Tisch, an dem bereits Levi und zwei Mädchen saßen. Er schob ein Blatt Papier in die Mitte und nahm grüne Farbe auf den Pinsel. Levis angstvolles Gesicht entging ihm nicht: Entweder, Levi fürchtete neuerliche Attacken sich selbst gegenüber oder er empfand Mitgefühl für seinen Babysitter, der hier auf ganzer Linie bei der Betreuung und Beschäftigung der unerzogenen Kinder zu scheitern schien. Vielleicht auch beides.

Eduard ignorierte das Geschrei von Finn und seinen zwei Untertanen, die ihn auf Schritt und Tritt begleiteten und jeden Blödsinn mitmachten. Er konzentrierte sich auf die Aufgabe vor ihm und zog mit dem Grün einen großen Kreis, nahm dann rote Farbe auf.

„Wir machen eine Seite rot und eine grün, wie bei Schneewittchen." (Er dachte an Sabrina, aber nicht allzu lang.) „Wenn man viel Wasser nimmt, laufen die Farben ineinander und es gibt einen schönen Übergang. Und hier oben lassen wir einen Glanzpunkt, denn da fällt das Licht drauf. So sieht der Apfel schön plastisch aus." Er beschrieb und zeigte zugleich.

Eduard war in seinem Element. In nur einer Minute zauberte er einen mehrfarbigen Apfel mit Lichterglanzpunkten. Als er unter dem Apfel mit einem hellen Grau einen Schatten einfügte, scharten sich bereits fünf neugierige Köpfe um seinen Tisch und lauschten seinen Erklärungen. Jemand kramte einen echten Apfel, etwas verschrumpelt und knallrot, aus seinem Ranzen, damit alle ihn betrachten konnten. Eduard krönte das Obst, das verblüffend echt vom Papier zu strahlen schien, mit einem Blatt in Lindgrün, das sehr feine, etwas dunklere Adern aufwies.

„Seht ihr, solche Feinheiten kann man mit einem ganz dünnen Pinsel wunderbar malen, aber man braucht ein ruhiges Händchen und viel Konzentration."

„So einen schönen Apfel würde ich auch gern malen können", entschlüpfte es einem der Mädchen, das vermutlich auch in der Freizeit selbst gern zeichnete.

„Versuch es", sagte Eduard ermunternd und zeigte auf den Stuhl neben sich. „Es ist nicht schwer und wenn du nicht zufrieden bist, versuchst du es einfach noch mal. Bald wirst du Äpfel, Kirschen und Bananen malen können, einen ganzen Obstkorb, was immer du willst."

„Auch einen Regenwurm? Rollschuhe? Oder meine Oma?", fragte das Mädchen.

„Klar." Eduard lachte. „Man kann die ganze Welt malen und sogar Dinge, die es auf der Welt gar nicht gibt, sondern nur im eigenen Kopf. Ein Raumschiff auf dem Mond, ein lustiges oder gruseliges Monster, eine Erinnerung, einen Wolkenhimmel, einen Garten voller Blumen. Man kann sogar Gefühle aufs Papier bringen: Schau, ich nehme viel Grau und Schwarz und male mit wilden Strichen! Wie fühle ich mich wohl?"

„Wütend", rief das Mädchen und klatschte in die Hände. Ein paar andere Kinder griffen zu Pinseln. Levi hatte mit Bleistift einen kleinen Wurm in den Apfel gezeichnet, der aus der rotbackigen Haut herauslugte.

„Super Idee, Levi", lobte Eduard. „In welchem Apfel ist kein Wurm? Versuche eine Himbeere, sie hat winzig kleine Haare auf ihren Samenpünktchen ..."

Finn, der verärgert war, weil er ignoriert wurde und sich in Erinnerung rufen musste, fuhr in das Geschehen hinein wie eine Dampframme. Mit einem scheußlichen Geräusch, das Pistolenknallen glich und seinem vorlauten Mund entwich, zog er einen langen Kreidestrich über den eben fertiggestellten Apfel. Eduard sah Levi in die Augen.

„Lass dich nicht entmutigen", sagte er. „Denk an die Sandburg, die in deinem Kopf war. Der Apfel ist dort auch. Es gibt immer mehr Bilder zu malen, als andere Menschen dir versauen können." Seine eigenen Worte hallten in seinem Hirn wider: *Es gibt immer mehr Träume zu verfolgen, als die Wirklichkeit dir zerstören kann.*

Dann wandte Eduard sich an Finn.

„Du könntest aus dem Strich eine wirklich große Leiter machen", schlug er ihm vor. „Du brauchst dafür nur einen zweiten langen Strich als Holm und die Querlatten dazwischen. Dann könnte man über den Apfel hinweg bis hoch in den Himmel steigen, wie der Junge in diesem

Märchen mit der Bohnenranke. Das kennst du doch, oder?"

„Was?" Finn ließ die Kreide sinken. „Du schreist mich nicht an, weil ich das Bild kaputtgemacht habe?" Sein Gesicht verriet blanke Verwirrung. Er schwankte zwischen Ungläubigkeit und Empörung und wusste offenbar nicht, wie ihm gerade geschah.

„Es heißt „Sie", Finn", wiederholte Lea abwesend, die längst, wie die meisten anderen auch, in ihr eigenes Werk vertieft war.

„Ich denke, du bist vielleicht sauer, weil du auch gern malen würdest und dich nicht traust, weil es dir peinlich vorkommt oder weil du Angst hast, es würde nichts werden. Aber du hast schon Lust, es mal zu probieren, glaube ich", sagte Eduard. „Sonst hättest du dich ja nicht an dem Bild von Levi beteiligt. Allerdings wäre es netter gewesen, Levi vorher zu fragen, vielleicht machst du das beim nächsten Mal. Möchtest du statt der Wasserfarben lieber Kreide benutzen? Wir könnten die Tische bemalen."

„Was?", fragte Finn wieder, verunsichert und ratlos. „Frau Möhring würde ausrasten, wenn wir die Tische vollmalen." Immerhin einen letzten Rest Respekt hatte dieser Junge, dem sonst wohl nicht leicht beizukommen war. Eduard beschloss, sich davon nicht irritieren zu lassen.

„Ich hab mich nicht an Levis Bild beteiligt, ich habe es zerstört! Und malen will ich auch nicht, Malen ist scheiße!", schrie Finn und zeigte Anstalten, wieder durch den Raum zu rennen.

Inzwischen beugten sich viele Köpfe über die Tische und es entstanden hübsche kleine Werke. Äpfel, eine Pflaume, ein Schwimmbad, ein Traktor, eine Feenlandschaft, ein Toaster mit Gesicht.

„Zeigst du mir, wie man ein Schaf malt?", bat ein Junge mit hervorstehenden Schneidezähnen. Eduard wandte sich von Finn ab, um sich dem anderen Kind zu widmen. Finn gefiel das gar nicht. Wild und aufsässig gebärdete er sich, ohne Aufmerksamkeit damit zu erlangen. Eduard zwang sich selbst dazu, die Situation nach außen ganz ruhig durchzustehen. Die beiden Lakaien, die der Junge am T-Shirt gezupft hatten, blieben allerdings wie angewurzelt stehen und beobachteten das Geschehen. Einer von beiden ging zum Gruppentisch und nahm Platz. Eduard schob ihm schweigend ein Blatt Papier hin.

„Ich will nicht malen, Malen ist scheiße", sagte Finn wieder, aber nun ein paar Dezibel leiser. „Und Levi ist auch scheiße!" Er richtete seinen Groll gegen den Mitschüler und an dem Blick, den die beiden Jungen tauschten – Finns voller Wut und Angriffslust, Levis angstvoll und defensiv – erkannte Eduard, dass hier gerade ein Tanz getanzt wurde, dessen Choreografie man in- und auswendig kannte. Finn war nicht nur ein Lehrerschreck, er war auch einer von den Jungen, die Levi regelmäßig das Leben schwermachten. Vermutlich war er sogar der Drahtzieher und Anführer in dieser ganzen Geschichte, die immer schmutziger und belastender wurde, je weniger Levi sich wehrte. Levi hatte nie Namen genannt und auch in den Gesprächen mit der Lehrerin und Sabrina waren die Namen nicht gefallen. Nun war aber klar: Der Übeltäter war mitten im Geschehen und nun war es an Eduard, die Lage in den Griff zu bekommen.

Was sollte er tun? Er musste dem Jungen eine Grenze anzeigen, ganz klar, genau darauf hatte er ja im Gespräch mit Sabrina und auch mit dieser Bachmann immer wieder gepocht. Zudem würde das Kind auch ihn als Lehrkraft künftig drangsalieren, bis er nicht mehr wusste, wo vorne und hinten war, wenn er es nicht vehement in seine Schranken wies. Aber diesen Angriff gegen Levi, den durfte er nicht beeinflussen, nicht einmal kommentieren! Levi würde immer Opfer bleiben, wenn er sich nicht selbst verteidigte! Jeder musste seine eigenen Grenzen kommunizieren und falls er sich jetzt einmischte, dann würde das offene Mobbing in Anwesenheit eines Lehrers für den Moment vielleicht aufhören, aber im Verborgenen ungesehen auf dem Schulhof oder Klo oder sonst wo umso heftiger ausgelebt werden!

Er hielt inne. Suchte dann Levis Blick. Sah ihm in die Augen. *Denk an alles, worüber wir gesprochen haben,* sagten seine Augen. *Mach dich groß, recke das Kind, nimm die Schultern nach hinten, atme tief ein und dann sag dem aufgeblasenen kleinen Kraftprotz, wo es langgeht!* Sein Körper sprach mit einer Geste, er reckte selbst das Kinn und nickte leicht.

„Die Stärke von Kindern, die mobben, ist nur Show", hatte er Levi erst gestern gesagt. „Sie tun so, als wären sie überlegen, aber im Inneren sind sie noch viel unsicherer und einsamer als du selbst. Sie versuchen mit dem Mobbing, ihre Unsicherheit zu verbergen und ihre Wut, die sich auf sich selbst haben, zu verarbeiten, aber du wirst es in Zukunft besser wissen und dann findest du auch die Stärke, die in dir selbst wohnt. Sie ist vielleicht nicht so laut und direkt wie jene, die dir die schlimmen Jungs vorspielen, aber sie ist echt. Du kannst sie in dir finden und immer darauf zugreifen, wenn du sie brauchst."

Levi hatte gleich verstanden. Er war wirklich ein cleverer kleiner Kerl.

Eduard hielt gespannt die Luft an. Levi, bestärkt von der gedanklichen Unterstützung und bloßen Anwesenheit seines Freundes und Mentors, erhob sich und ging auf Finn zu. Im Raum war kein Mucks zu hören, selbst das gleichförmige Pinselschaben hatte aufgehört. Alle waren aufmerksam, niemand gab einen Ton von sich.

„Du findest immer alles scheiße", sagte Levi zu Finn. Seine Stimme klang fest und seine Gestalt blieb aufrecht. „Das ist schade für dich, weil du nämlich das Beste verpasst. Wenn ich heute Abend heimgehe, dann zeige ich meiner Mama das Bild mit dem Apfel, das ich gleich noch mal malen werde, denn nun weiß ich ja, wie das geht und deine Zerstörung macht mir gar nichts mehr aus. Wenn *du* nach Hause gehst, dann hast du nur zu erzählen, dass du heute laut und ungehorsam warst und nichts zustande gebracht hast."

Einige Kinder lachten. Finn schien etwas zu schrumpfen und er hatte auch nicht mehr die Hände in den Seiten. Er wagte kaum, Levi anzusehen.

„Du könntest dich auch einfach zu uns setzen, aufhören, mich und andere zu ärgern und selbst einfach mal was Schönes machen", sprach Levi weiter. Er fand genau die richtigen Worte. Eduard applaudierte innerlich und schickte ihm ein wagenradgroßes, sonnenblaues Lächeln herüber.

„Keine Lust", sagte Finn bockig, aber nicht sehr laut. Auch seine Kompagnons waren verstummt und glotzten wie schweigende Fische in die Runde. Einer von beiden hatte schon ein eigenes Bild angefangen, was Finn sicher als Verrat deutete. Es verunsicherte ihn zusätzlich.

„Hast du mehr Lust darauf, mich immer wieder zu piesacken?", fragte Levi. „Macht dir das ein gutes Gefühl? Oder wäre es vielleicht mal besser, wenn du dir eine neue Beschäftigung suchst? Du solltest das tun, denn eins kann ich dir sagen: Wenn du mich weiter triezt und ärgerst, dann wirst du dein blaues Wunder erleben, ich kann nämlich auch anders." Er reckte tatsächlich das Kinn und ballte die Hand zur Faust. Ihm war unmissverständlich anzusehen, dass er es ernst meinte. Er war nicht mehr gewillt, das Opfer zu spielen und Finn sollte das ruhig wissen!

„Du wirst, wenn du immer Theater machst, sowieso bald ziemlich allein dastehen,", fuhr Levi, nun etwas ruhiger, fort. Viele Augenpaare ruhten auf ihm, halb eingeschüchtert, halb bewundernd. „Die meisten in der Klasse wollen nämlich mitmachen und dem Unterricht folgen und sind von deinen Störungen ziemlich genervt. Du machst dir damit keine Freunde. Und das willst du doch – Freunde. Oder? Ich übrigens auch. Jeder will Freunde, niemand will allein sein. Es macht mich traurig, dass du denkst, ich wäre dein Feind. Und es bringt auch nichts, weil du dich nicht besser fühlst, wenn du mich ärgerst – aber ich fühle mich dadurch verlassen und allein und so haben wir beide nichts davon. Wir können dieses Spiel noch lange zusammen spielen, aber es wird keine Gewinner dabei geben." Er gab sich einen Ruck und wuchs gleichzeitig über sich selbst hinaus:

„Vielleicht spielen wir morgen zusammen in der Hofpause mal ein echtes Spiel, Fußball zum Beispiel. Ich bin nicht sehr gut darin, aber ich kann schnell laufen und du kannst mir ja die Tricks zeigen. Dafür zeige ich dir, wie man malt. Vielleicht deinen Lieblingsfußballer?"

Hinter Finns Stirn arbeitete es sichtlich. Er wartete ab, ob jemand sich in das Gespräch einklinkte. Irgendwie konnte er gar nicht fassen, was gerade passierte: Der schweigsame, unnahbare und in sich gekehrte Levi erhob sich plötzlich mutig zum Klassensprachrohr und las ihm die Leviten? Bat ihn um ein gemeinsames Erlebnis, gar darum, etwas gezeigt zu bekommen? Finn sollte ihm seine

Fußballtricks offenbaren? Ausgerechnet Levi, der doch immer alles konnte und alles wusste und ihn damit schon so manches Mal beschämt hatte, ohne es überhaupt zu merken! Dieser Levi bot sogar an, ihn etwas zu lehren! Levi, der immer sein eigenes Wissen schön für sich behielt, damit er vor den Lehrern damit glänzen konnte! Was für ein Rollentausch war da gerade im Gang? Okay, aber Fußballspielen konnte Levi tatsächlich nicht, darin war Finn ihm haushoch überlegen! Konnte er vielleicht gnädigerweise … gönnerhaft … probehalber … Es schadete ja nichts, ihm mal ein paar geile Pässe zu zeigen … Und Malen war vielleicht auch nicht ganz so schlimm, eigentlich waren die bunten Farben sogar hübsch … Mama könnte sein Bild an den Kühlschrank hängen, wo ihre Freundinnen es sahen, die sie zum Kaffee besuchten! Sie würden ihn zur Abwechslung mal loben, statt immer genervt zu verkünden, dass er ihnen zu laut und zu aufsässig war, dass er einfach nichts zustande brachte und immer allen auf den Keks ging! Dabei nervte er doch nur herum, damit jemand ihn beachtete! Die ständige Rebellion erschöpfte ihn. Er brauchte eine Verschnaufpause! Bot sich hier eine Chance, etwas zu machen, das Anerkennung ernten konnte und vielleicht sogar Freude machte? Ihm neue Freunde brachte?

Eduard konnte den Moment, als sich die Kapitulation in Finns Kopf ereignete, deutlich sehen.

„Ich male aber keinen Apfel", brummte Finn, als er zum Tisch ging. „Wozu machen wir das überhaupt? Meine Mutter hat schon Bilder an der Wand, die braucht keine neuen."

„Weil es Spaß macht", sagte Lea.

„Weil man was Neues lernt", sagte Levi.

„Weil man so die Zeit gut rumkriegt, ist doch besser als Mathe", sagte ein drittes Kind.

Eduard lächelte. Es war Ruhe eingekehrt. *Weil es uns erfüllt*, fügte er hinzu. Die Porträts hatten ihn nicht erfüllt, weil es Auftragswerke waren, deren Anforderungen ihm fremde Menschen vorgegeben hatten, um ihn nachher dafür zu entlohnen. Es war eine Dienstleistung ohne jeden weiteren Zweck. Dabei hatte nur das Ergebnis gezählt und dessen Maßstab war eng gefasst. Hier und heute zählte aber nur das friedliche, unterhaltsame, freudige Tun. Man musste nicht auf das Resultat schielen, weil es keine Rolle spielte. Das Malen und Entdecken von neuen Fähigkeiten brachte die Gruppe zusammen und sogar die wildesten Wildpferde zur Ruhe. Es söhnte aus, verband miteinander – und es nährte die Seele. Nicht nur die der Kinder, sondern auch seine eigene.

Zufrieden mit sich und auch ziemlich stolz griff Eduard zum Pinsel und hockte sich zwischen die Kinder. Morgen würde sein Bild verblasst sein, aber das war egal, denn heute würde das niemand sehen. Wie konnte er die Malstunde für sich selbst nutzen? Worauf hatte ER denn Lust, was wollte ER denn eigentlich einmal malen, wenn es tatsächlich um *nichts* ging?

Er überlegte kurz. Und brachte dann diesen Raum zu Papier, die Tische, an denen sie saßen, die konzentriert über das Papier gebeugten Kinderköpfe. Er versuchte, die Aufregung und Freude in ihren Augen einzufangen und dem Moment eine kleine Ewigkeit zu schenken, obwohl er sich diesen Anblick auch ohne Erinnerungsbild für den Rest seines Lebens gemerkt hätte.

Siebte Lektion:

Der Prozess ist das Ziel, nicht das Ergebnis.

Lügengebäude

Es lief wahrlich gut. Es lief besser, als Eduard es sich vor einigen Wochen zu wünschen gewagt hätte.

Mit ungewohnter Geduld und Hingabe ging er seinen beiden Jobs nach, die ihm – angeregt von der Lebendigkeit und Vielseitigkeit der Kinder – wider Erwarten mehr Spaß bereiteten, als sie ihm Arbeit machten. Besonders dankbar war er für Levis zufriedenes Grinsen, als der ihm am Ende des Tages seiner ersten Unterrichtsstunde zugeflüstert hatte: „Ohne dich hätte ich nicht den Mut gehabt, Finn mal die Meinung zu sagen. Und mich mit ihm zu vertragen, obwohl er so gemein zu mir war." Das mutige und diplomatische Statement des Jungen und den daraus resultierenden Waffenstillstand hatte Eduard mit: „Es ist immer gut, wenn du deinem Gegenüber klarmachst, wo du stehst und was du willst" kommentiert, und ihm war dabei klar gewesen, dass er gern schlaue Ratschläge gab, die er selbst nicht umsetzte. Trotzdem freute er sich über die positive Entwicklung, zu der er immerhin beigetragen hatte.

Aber es war nicht nur die seelische Stärkung dieses Kindes, die ihm Auftrieb gab, er profitierte auch selbst von der Situation: Er verbrachte entspannende Stunden mit Matilda und Levi, eine ganz eigenartige und eigensinnige Version eines Miteinanders, das sich jeder Definition entzog. Zwischendurch gönnte er sich prickelnde Minuten mit seiner „heißen Affäre", die ihm ebenso wenig langweilig wurde wie er ihr. Levi – und das war das wahrhaft Schönste – war zu neuer Kraft gekommen, die ihm aus allen Poren strahlte und als Eduard sich neulich verschwörerisch zu ihm hinübergebeugt und gesagt hatte: „Dem Finn hast du es aber gegeben! Nun hält dich nichts mehr auf, dann schaffst du auch alles andere, was du dir vornimmst", trat ein Strahlen auf seine Züge, das auch Eduards Tag erhellte.

Es lief gut und wenn es nach ihm gegangen wäre, dann hätte es noch eine sehr lange Weile so weitergehen können. Immerhin ermöglichte ihm dieser Zustand, der irgendwie zwischen den Welten lag, eine Auszeit, bevor er nach Hause zurückkehren und seine eigenen Dinge endgültig in Ordnung bringen musste. Der mühsame Weg einer Privatinsolvenz stand im Raum. Und das Vorhaben, sich eine neue Zukunft gestalten zu müssen, mit einem festen Heim, einem regelmäßigen Einkommen durch eine solide Berufstätigkeit und einem gewöhnlichen Alltag schien ihm sogar noch schwerer umsetzbar. Das waren Meilensteine, die man nicht mal nebenbei erklomm. Er würde all das angehen müssen, davor konnte er sich nicht auf Dauer drücken.

Aber zuerst wollte er den Grund seines Übels herausfinden, sich selbst die Frage beantworten, warum seine Kunst ihn im Stich gelassen hatte. Dieser Frage war er noch keinen Schritt nähergekommen und obwohl sich sein gegenwärtiges Dasein aufregend und vielversprechend anfühlte, ahnte ein Teil von ihm doch auch, dass die Konstrukte außerordentlich zerbrechlich waren. Matilda konnte herausfinden, was er getan hatte, sie *würde* es herausfinden, es war nur eine Frage der Zeit, und sie würde nicht angetan von seinen eigenmächtigen Aktionen sein. Erst recht nicht von seiner Affäre! Und Sabrina konnte seiner überdrüssig werden, wenn sie auch derzeit noch keine Anstalten dieser Art erkennen ließ. Beide Frauen konnten ihn zu jeder Zeit plötzlich aus seinen Jobs *und* aus ihren Leben stoßen, sogar mit den Füßen nachtreten, wenn sie das Gefühl hatten, dass er es verdient hatte.

Und Levi, ach, Levi! Zwar hatte Eduard, Freigeist und Freiheitsliebender seit eh und je, es niemals bereut, keine eigene Familie gegründet und keine Kinder in die Welt gesetzt zu haben. Diese Aufgabe mit ihrer Verantwortung erschien ihm eine Nummer zu groß, sie entsprach nicht der Leistung, die seine Persönlichkeit zu erbringen in der Lage war. Doch Levi um sich zu haben erfüllte Eduard mit einer Leichtigkeit und einem Tiefsinn, dass er sich selbst manchmal fragte, ob all das eigentlich nur ein Traum war. Levi lebte in seinem Kopf Träume, die Eduard – selbst einst ein vor Fantasie sprühender Kopf – längst vergessen hatte. Levi leuchtete in den Farben, die in Eduard und um ihn herum verblasst waren! Eduard malte nicht mehr ernsthaft, aber es gab trotzdem Farben in seiner Umgebung, die wieder strahlten. Und die hatte Levi in sein Leben gebracht! Es würde hart werden, eines Tages in ein Dasein zurückkehren zu müssen, in dem Levi nicht vorkam.

Und Matilda. Wenn sie nicht um ihn herum war, nahm ihre Präsenz in seinem Bewusstsein Platz wie ein Schmetterling auf einer Blüte. Und wenn sie sich in seiner Nähe befand, dann trank er von ihrer Liebenswürdigkeit, ihrem trockenen Humor und ihrem lebensklugen Pragmatismus, genug, um sich leicht und berauscht zu fühlen, ohne jemals davon betrunken zu werden. Die Zukunft selbst, vorher ein einziges schwarzes Loch mit einer niederdrückenden Anziehungskraft, entpuppte sich jetzt als Verheißung, nur aufgrund der vielen Möglichkeiten, die sie zu bieten hatte. Vielleicht, vielleicht auch nicht … Es gab viele Versionen von Eduards Leben am morgigen Tag oder im nächsten Jahr. Sie waren höchst unterschiedlich und damit auch unterschiedlich reizvoll – aber in keiner einzigen von ihnen existierte die akzeptable Möglichkeit, Matilda und Levi wieder aus seinem Alltag zu streichen, als ob sie nie da gewesen wären. Und doch konnte genau das passieren, er forderte er ja selbst heraus! Eduard wollte das nicht, gewiss nicht, aber er war auch nicht genug Herr seiner Sinne, seiner Leidenschaften und seiner Gier, um die Gefahr einzudämmen, indem er ein paar wichtige Entscheidungen traf und umsetzte.

Und es war dazu vielleicht sowieso bereits zu spät, denn es waren schon alle möglichen Kinder in ziemlich tiefe Brunnen gepurzelt: Er hatte die Lehrerin wegen des Mobbings behelligt, ohne Matilda zu fragen. Er hatte sich auf eine Art in ihr Leben eingemischt, die sie nicht gutheißen würde, wenn sie davon wüsste. Er hatte die Rektorin gevögelt, mehrere Male, *viele* Male. Auf dem

Schreibtisch in ihrem Büro, auf dem Besuchersofa, auf dem Waschbecken im Kunstraum, in dem die Pinsel ausgewaschen wurden, sogar im Keller des altehrwürdigen Schulhauses, direkt neben der Heizungsanlage, während sie auf einen Handwerker warteten. Es gab wenig, was man gegen die Dinge tun konnte, die bereits geschehen waren!

Und es gab nur wenig mehr, was Eduard aufzugeben bereit war: Ihm gefiel sein Leben, wie es gerade war, in all seinen Facetten, er wollte auf keine davon verzichten. Und so redete er sich ein, es würde schon noch eine Weile so weiterlaufen, ohne dass alles zusammenbrach. Er verdrängte und verleugnete vor sich selbst, dass er ein Lügner und Betrüger war. Und dass er seine eigentliche Mission darüber vollkommen aus den Augen verloren hatte.

Aber hatte sich nicht in der Vergangenheit auch immer alles zu seinem Besten gefügt? Er musste darauf vertrauen, dass das Schicksal ihm wohlgesonnen war und ihm zubilligte, alle Stückchen von den verschiedensten Kuchen haben zu wollen. Wenn einem so viele tolle Kuchen angeboten wurden, konnte man sich doch wohl kaum nur für einen entscheiden und alle anderen links liegen lassen!

Eduard lebte, wie er gemalt hatte: voller Enthusiasmus und Unbeschwertheit, den Augenblick auskostend, niemals an Konsequenzen oder das Morgen denkend.

In der Praxis wurde es freilich zunehmend schwieriger. Er musste hier und da Ausreden erfinden, wenn das Gespräch auf heikle Themen kam. Er musste sich Lügen ausdenken und sich diese dann auch merken, damit er sich nicht selbst widersprach. Matilda war von einem hellen Geist und sehr aufmerksam, ihr würde es auffallen, wenn etwas nicht stimmte. Und manchmal warf sie ihm tatsächlich einen dieser prüfenden Blicke zu, die nicht zu deuten waren, ihm aber Gänsehaut verursachten. Oder war das nur Einbildung? Von dem Job in der Schule hatte er ihr inzwischen erzählt, es war ja nichts dabei und durch Levi wäre es sowieso nicht auf Dauer zu verbergen gewesen. Von allem anderen wusste sie nichts. Oder doch?

Und warum machte er sich überhaupt so viele Sorgen? Hatte er mit ihr eine Beziehung? *Nein!* Auch nur einen harmlosen Flirt oder irgendeine Annäherung, die von irgendwelchen Verbindlichkeiten geprägt war? *Nein!* Hatte er ihr etwas versprochen? Oder sie ihm? *Nein, nein, nein!* Es hatte keine Berührung, keinen Kuss, nicht einmal einen zweideutigen Blick gegeben! Sie waren kein Liebespaar und sie würden auch bestimmt keins werden!

Trotzdem fühlte er sich zuweilen unbehaglich: Sie hatte schon viel Mist im Leben erlebt, er sah es in ihren Augen, ohne dass sie es erzählen musste. Die Art, wie sie lebte und versuchte, mit geringen Mitteln ihrem Kind eine gute Kindheit zu ermöglichen, ganz ohne die Hilfe des Vaters, sprach Bände. Ihre immer aktiven Hände und ihre müden Augen berichteten von den alltäglichen und besonderen Widrigkeiten, die ihr bereits als Knüppel zwischen die Beine geworfen wurden und sie zum Stolpern gebracht hatten, und dies auch weiterhin taten. Ein fordernder Chef, der wenig Verständnis für den Umstand zeigte, dass ihre verfügbare Zeit endlich war. Ein körperlich und geistig anstrengender Arbeitstag, der die Knochen kaputtmachte. Eine in die Jahre gekommene Wohnung, die immer irgendwie auf der Kippe stand, weil unklar war, wie lange sie die Kosten dafür aufbringen konnte. Ein Kind mit Problemen in der Schule und einer sensiblen Seele, das seine eigenen Hürden zu bezwingen hatte. Eine nicht mehr funktionierende Waschmaschine, die ein riesiges Loch ins Budget riss und die letzten Reserven aufbrauchte. Matildas Tage waren angefüllt mit kleinen oder großen Problemen, die gelöst werden mussten, wenn sie und ihr Junge sich in der Welt weiter zurechtfinden und behaupten wollten.

Matilda war der letzte Mensch, der einen Vertrauensmissbrauch oder Verrat verdient hatte! Sie durfte keine Enttäuschung erleben! Eduard konnte für sie womöglich eine solche werden, vor allem, weil sie auch – zuweilen skeptisch – sehr aufmerksam die Bindung betrachtete, die er zu Levi aufgebaut hatte. Er war tief im Herzen kein guter Mensch, er wusste es. Und Matilda wusste es auch. Abgesehen davon war ihre gemeinsame Zeit sowieso immer nur als Übergangslösung gedacht gewesen: Matildas Mutter erholte sich rasch von ihrer Verletzung und würde bald wieder in alter Frische zur Verfügung stehen. Seine Tage in der Familie waren von der ersten Sekunde an gezählt gewesen und daran hatte Matilda nie einen Zweifel gelassen. Es wurde Zeit, sich nach Alternativen umzusehen.

Zunächst war Eduard jedoch außerordentlich beschäftigt. In seiner Freizeit, die zumeist in den Vormittagsstunden lag, recherchierte er ausgiebig im Internet, um mehr über Malerei und ihre Geheimnisse zu erfahren. Zwar lagen ein bereits absolviertes Kunststudium und eine lange Reihe an

Berufsjahren hinter ihm, doch er dachte sich, es könne nicht schaden, die Dinge einmal aufzufrischen, wenn er seinem eigenen Geheimnis mit den blassen Farben auf den Grund gehen wollte.

Er las alles über Bilder, Kompositionen, Farben, Formen, Perspektive. Er versenkte sich stundenlang in die Biografien berühmter und weniger bekannter aber guter Künstler aus mehreren Jahrhunderten, bis in die Gegenwart hinein. Er studierte ihre Bilder und die dazugehörige Literatur. Und machte erstaunliche Entdeckungen: So schillernd und faszinierend die Kunstwelt wirkte, so grausam und erschreckend war sie auch immer wieder gewesen. Er las über unzählige Maler, die zeit ihres Lebens niemals zu Erfolg, Ruhm und Geld gelangt waren, deren Begabung und unschätzbare Geschenke an die Menschheit man erst Jahre, Jahrzehnte oder Jahrhunderte nach ihrem Tod wahrgenommen hatte. Er las von Bildern, die in Garagen, Böden und Kellern verschimmelten, weil sie keine Käufer fanden. Er las von gescheiterten Lebensentwürfen und Selbstzweifeln, die ihm schon als unbeteiligtem Zuschauer so viel Schmerz verursachten, dass er sich nicht vorstellen mochte, selbst an dieser Stelle zu stehen.

Trotzdem, das fiel ihm auf, hatten diese Künstler nie aufgegeben. Sie hatten immer weitergemacht, als hätte in ihrem Inneren ein unzerstörbarer Kern existiert, der sie immer wieder dazu animiert hatte, ihrer Kunst treu zu bleiben und das, was in ihnen war, auch nach außen zu tragen. Keine Ablehnung und kein Misserfolg der Welt hatten sie dazu gebracht, den Pinsel hinzuwerfen!

In diesem Punkt unterschied er sich von ihnen: Er hatte zwar das Malen in all den Jahren nicht aufgegeben, aber er hatte es lange Zeit aus falschen Motiven ausgeübt, was auch eine Art von Untreue war. Und dem Malen treu zu bleiben war ihm auch nicht schwergefallen, denn im Gegensatz zu vielen echten Könnern der Geschichte hatte er dafür reichlich Gegenleistungen in materieller und ideeller Form erhalten. Er hatte gemalt, ja, aber es war eine Produktion am Fließband gewesen, die ihn innerlich kaum berührt hatte. Ein Job, eine Aufgabe, die zu erledigen war. Gingen ihm deshalb die Farben verloren, weil er Herzblut, Idealismus und Begeisterung verweigert hatte? Weil er nicht den Mut gefunden hatte, seinen eigenen Weg zu gehen, selbst, wenn dieser in Erfolglosigkeit gemündet wäre?

Eduard las auch über die Geschichte der Farben, die eine eigene kleine Wissenswelt für sich war. Und auch hier verbargen sich neben lustigen, schönen und spannenden Geheimnissen auch viel Not und Elend in der Historie: Die Entwicklung der Farben war von Kriegen, Kämpfen und Intrigen geprägt gewesen. Menschen hatten gemordet, um bestimmte Farben zu erhalten. Menschen waren an giftigen Inhaltsstoffen elendig krepiert, bevor man entdeckt hatte, dass die Farben sie krank machten. Die Umwelt hatte zu jeder Zeit unter der Produktion von Farben gelitten, Gifte waren durch chemische Herstellungsprozesse ins Wasser und die Landschaft gelangt. Arbeiter schufteten sklavisch in Minen und erhielten eine Staublunge als Belohnung für ihre Mühen. Und das Tierleid, das entstand, weil man für Farben Koschenilleläuse zerdrückte oder Purpurschnecken ausquetschte, stand dem in der Massentierhaltung für die Lebensmittelproduktion in nichts nach.

Schon immer hatte eine gigantische Industrie hinter dem sogenannten weltfremden Künstlertum gestanden, auf ganz vielen Ebenen von der bloßen Farbe in der Tube bis hin zur fertig bestückten Leinwand. Und sie tat es noch immer. Man mochte es hassen oder davon profitieren: Wie jeden Bereich des Lebens kontrollierte und dominierte die Ökonomie der postmodernen

Welt auch das Künstlertum. Bis hin zu den Grundschülern, die keine blauen Sonnen malen durften, weil das Kultusministerium im Lehrplan ein Bild mit einer realistischen, also gelben Sonne vorsah.

Eduard lernte und erfuhr viel, doch wenn er in kurzen Kaffee- und Pipipausen seinen Bulli verließ und in die hiesige Welt zurückkehrte, dann war ihm das Herz schwer von Mutlosigkeit und Grauen. Hatte er wirklich geglaubt, er könnte die vorgegebenen Strukturen sprengen und in dieser blutigen, eigennützigen Welt der Kunst seinen Platz finden, die über ein paar angesagte Auftragswerke hinausging? Hatte er tatsächlich die Überzeugung besessen, er könnte sich auf Dauer in einer Umgebung wohlfühlen, in der man gebauchpinselt wurde, wenn man gerade den Geschmack des Mainstreams traf, aber mit Missachtung bestraft, wenn man sein eigenes Ding machte? *Ja*, sagte er sich, das hatte er – und mehr noch, er hatte sein ganzes Leben, Streben und Arbeiten sogar nach dieser Maxime ausgerichtet: *Produziere, was bestellt wird und weiche nicht von dieser Vorgabe ab. Dann wird was aus dir.* Er hörte die Stimme seines Vaters, der ihm bis zu seinem Tod nie offen Vorschriften gemacht, ihn aber doch immer hatte wissen lassen, dass es eine Ungeheuerlichkeit war, ihn zu enttäuschen.

Auch Eduards Weg war vorgezeichnet gewesen: Der Vater hatte sein Studium bezahlt, also hatte er sich danach bemüht, lukrative Auftragswerke an Land zu ziehen, um diese Investition zumindest symbolisch zurückzuzahlen, später sogar in Bargeld. Ein Stipendium hatte ihm weitere Bildungsreisen offeriert, also hatte er in berühmten Galerien mit sehr genauen Vorstellungen ausstellen wollen und sich bis zur Unkenntlichkeit verbogen, um dort einen Fuß in die Tür zu bekommen, damit er sich des Stipendiums im Nachhinein als würdig erweisen konnte. Seinen Mäzenen hätte er nur noch Bilder in Rot oder Türkis gemalt, wenn diese das verlangt hätten! Er hätte mit dem Mund oder den Füßen gemalt, wenn ein Auftraggeber sich dies gewünscht hätte! Er hätte für den Rest seines Lebens nur noch Punkte und Kreise auf Stoff gepinselt, wenn er Markt es verlangt hätte! Er war nichts weiter gewesen als eine Maschine, die Befehle ausgeführt hatte. Ein Opportunist ohne eigene Substanz! Er hatte gelbe Sonnen gemalt und dafür fröhlich die schönen

Einsen kassiert! Aber welche Farbe hätte sein Pinsel wohl für die Sonne gewählt, hätte er selbst entscheiden können?

Eduard – und der Schock saß tief, als er dies erkannte – war in seiner Arbeit noch weniger frei gewesen als die Kinder, die er unterrichtete! Keine blauen Sonnen, keine Riesenschmetterlinge, keine Wege ins Nichts, die vielleicht Alles waren.

Aber die Erkenntnis darüber war nicht der eigentliche Schock, der ihn umhaute. All das war ihm ja bewusst gewesen, er hatte sich für den Verkauf seines Könnens an den Teufel entschieden, um sich den üppigen Lebensstil zu ermöglichen, der ihm in den Jahren seiner Kindheit vorgeschwebt hatte. Womit er nicht gerechnet hatte, war die Wucht des Schmerzes, die ihn bei dieser Erkenntnis plötzlich überrollte. Wäre es möglich gewesen, er hätte jeden Cent, den er im Laufe seines erfolgreichen Malerdaseins mit seiner Hände Arbeit verdient hatte, zurückgezahlt, nur um ein einziges Mal die Erfahrung von völliger Gestaltungsfreiheit zu erleben! Er suhlte sich in dem Schmerz, den vermutlich alle Künstler rund um den Erdball kannten. Und mit ihnen die Schriftsteller, die Filmemacher, die Musiker, die Tänzer – all jene kreativen Menschen, die ihren Körper, ihre Hände und ihr Hirn nutzten, um der Welt etwas Kostbares zu schenken, und die darüber oft so wenig zurückbekamen. Er hätte weinen mögen vor Kummer, Reue und Ausweglosigkeit, denn wie ging man mit einer solchen Wahrheit um? Worin bestand die Erlösung? Erfolg zu haben war keine Garantie für Glückseligkeit gewesen. *Keinen* Erfolg zu haben war freilich noch frustrierender, denn dann stellte sich die Sinnfrage erst recht. Er spürte, dass da etwas anderes noch im Argen lag, ein Rätsel, dessen Antwort sich ihm noch nicht erschließen wollte. Eduard rieb sich erschöpft die Augen und fühlte einmal mehr, wie sehr seine verkrampften Muskeln im Rücken schmerzten.

Ein Schatten erschien in der Tür. Matilda, lächelnd in gefilzten Hausschuhen, ein Schultertuch mit Lochmuster um den Oberkörper geschlungen, einen Becher Kräutertee in der Hand.

„Wenn du noch lange hier vor dem Haus campierst, rufen die Nachbarn bestimmt bald die Polizei", prophezeite sie lachend, obwohl das eine beunruhigende Prognose und kein Grund zum Lachen war. „Darf ich reinkommen in dein Heiligstes?"

„Klar." Eduard wies ihr ein Kissen auf der Matratze und verzichtete auf den Hinweis, dass er ja auch wie selbstverständlich jeden Tag in ihr Heiligstes eingeladen wurde.

„Wo ist Levi?", fragte er. Normalerweise war es gleich an der Zeit, den Jungen vom Hort abzuholen, während Matilda im Supermarkt Regale einräumte oder in Rekordgeschwindigkeit Waren über das Kassenband zog.

„Er geht jetzt zum Fußballtraining", sagte Matilda nicht ohne Stolz in der Stimme. „Er wollte dort unbedingt hin, was mich freut, aber auch wundert, denn da ist auch der Junge, der ihn immer geärgert hat."

„Vielleicht haben sie sich ja vertragen."

„Ja, vielleicht. Manchmal möchte man in der Schule Mäuschen spielen, aber wir werden es wohl nie erfahren."

„Nein", stimmte er ihr zu. Nippte am Tee, der heiß war und würzig roch. Zwei Stücke Zucker waren darin aufgelöst, wie er es mochte. Wie gut sie ihn schon kannte! Und wie viel sie hingegen von ihm nicht wusste, was sie unbedingt hätte wissen sollen! Sein Hirn war ganz vernebelt und verklebt vom vielen Recherchieren. Manchmal konnte man auch zu tief in Dinge eintauchen und verlor sich dann darin.

„Du wirkst bekümmert", sagte Matilda, wie immer direkt und herzlich. Umschweifen und

Herumdrucksen lagen ihr nicht. Das schätzte er besonders an ihr, man wusste sofort, woran man war.

Eduard hatte – wie jeder Mensch mit einer großen Last auf den Schultern – das Bedürfnis, sich jemandem, den er mochte und respektierte, anzuvertrauen. Doch er konnte sich nicht erklären. Seine Erfahrung war zu abenteuerlich, um noch Bestandteil der Realität zu sein. Selbst ein aufgeklärter und aufgeschlossener Mensch wie Matilda konnte nicht anders, als ihn für verrückt zu erklären (und entsprechende Maßnahmen folgen zu lassen, wie etwa den Entzug ihres Kindes zu dessen Schutz), wenn er ihr mit Magie ohne logische Erklärung kam. Das konnte er nicht riskieren.

Er nahm vom Tee, es war wie ein Seelenstreicheln. Als hülle Matilda ihn mit in ihr Schultertuch ein.

„Was macht ein Bild zu guter Kunst?", fragte er stattdessen. Ihre Meinung interessierte ihn wirklich. Tatsächlich dachte sie eine Weile nach, um ihn nicht mit einer halbherzig dahingeworfenen Antwort abfertigen zu müssen. Auch Levis Fragen nahm sie derart ernst, was ein feiner Zug war, der selten bei Menschen vorkam.

„Nun, ich denke, was gute Kunst für jemanden ist, das ist erst mal vom persönlichen und auch kulturellen Geschmack abhängig, deswegen kann man das pauschal schlecht sagen. Aber ich für meine Begriffe finde Bilder gut, deren Betrachten Gefühle in mir weckt. Eine Stimmung, eine Emotion, einen bestimmten Gedanken, der sich in meinem Herzen entfaltet und ausbreitet."

Eduard nickte. Er sah das inzwischen ähnlich. Und nach *dieser* Definition war Levis Parkgemälde große Kunst gewesen. Das Bild eines Zehnjährigen, der damit gewiss weder Preise abräumen, noch hohe Gewinne erzielen oder für einen Ticketausverkauf in einer Galerie sorgen würde. Und dies auch gar nicht plante.

„Und wann hat ein Künstler Talent?"

Jetzt war Matilda schneller, als hätte die Antwort ihr auf der Zunge gelegen.

„Wenn er mit seinem Werk, was immer es ist – ein Buch, ein Lied, ein geknüpfter Korb, ein Möbelstück, eine gehäkelte Babymütze, ein Gedicht, egal – einen gewissen Funken entzündet, der so unerklärbar und geheimnisvoll ist wie die Liebe. Dieser Funken zieht uns wie durch Zauberei an und bringt etwas in uns zum Klingen."

„Ah." Eduard versank in Schweigen.
Traf das auf seine Bilder zu? Entzündete sein Talent oder das, was er damit zustande gebracht hatte, Funken in anderen Menschen? Er dachte an

endlose Reihen gleichförmiger Reichenporträts, die aus seinem Atelier gerauscht waren wie aus einer Fabrik. Keine Funken. Nur seelenlose Produktionen in einem hübschen Gewand, ohne jede Tiefe. Von ihm selbst und seinem authentischen Blick auf die Welt hatte nichts darin gesteckt.

„Es gibt so Dinge wie den Goldenen Schnitt oder bestimmte Farbkombinationen, gewisse Techniken, die man mehr oder minder gut beherrschen oder in denen man es zur Meisterschaft bringen kann", räumte Matilda ein. „Diese Aspekte machen sicherlich auch gute Kunst aus. In ihnen offenbart sich Talent in der Frage, ob jemand sein Handwerk beherrscht. Aber wirklich Großes in uns passiert doch nur durch wirklich große Gefühle."

Sie schaute weg, als sei ihr diese Offenbarung, die sehr untypisch für sie war, peinlich. Er sah nur noch den gewaltigen Wust ihres gekräuselten schwarzen Haares. Überlegte, ob er wohl gern mit den Fingern durchgefahren wäre. Wie sich die Haut auf ihrer Wange anfühlte. Ob ihre Lippen zittern würden, wenn sein Gesicht sich dem ihren näherte.

Er war verwirrt. Was war mit ihm los? Reichte es nicht, sich selbst mit dieser verbotenen Schulaffäre zu gefährden? Musste er nun auch noch die patente, wunderbare, unabhängige Matilda aus ihrer gewohnten Bahn werfen?

„Nur mal rein hypothetisch", lenkte er sich innerlich kopfschüttelnd und äußerlich teetrinkend von seinen chaotisch herumwirbelnden Gedanken ab, „wenn ein Maler eines Tages entdeckt, dass seine Farben verblassen, was könnte das bedeuten?" Eduard staunte über seinen eigenen Mut, aber Matilda war klug und lebenserfahren, er *musste* ihre Ideen dazu hören, selbst, wenn er das Problem als Fantasie verschleierte.

„Ich würde sagen, dann nutzt er Farben von mieser Qualität und sollte den Anbieter wechseln." Matilda, pragmatisch wie immer. „Das ist gar nicht so selten. William Turner war ziemlich schlampig in der Wahl seiner Rohprodukte und es kam immer wieder zu Beschwerden, weil sich verkaufte Bilder nach kurzer Zeit veränderten. Seine leuchtenden Sonnenuntergänge dunkelten nach und Käufer verlangten ihr Geld zurück oder Nachbesserung. Er scherte sich nicht darum, was natürlich auch keine tolle Art ist. Er malte lieber neue Bilder, mit denselben schäbigen Farben und so mancher Restaurateur muss wohl an seinem Erbe verzweifelt sein. Ihm war es egal, dass sein Werk den nachfolgenden Generationen nicht zur Verfügung stehen würde. Für ihn zählte wohl nur der Augenblick des Schaffens, also der Augenblick, den er selbst miterlebte und gestaltete. Das ist gleichzeitig bemitleidens- und bewundernswert. Finde ich."

„Das wusste ich nicht", sagte Eduard. Es rührte ihn, dass einer der ganz Großen sein Schicksal ein bisschen geteilt hatte. Aber bei Turner war die Lösung einfach und naheliegend gewesen: *Neue Farben in besserer Qualität anschaffen.* Darin hatte weder eine Bestrafung noch eine Lektion der Schöpfung gelegen. Dieses neue Wissen nützte ihm nichts.

„Welche *symbolische* Aussagekraft könnte es deiner Meinung nach haben?", fragte er weiter. Matilda legte den Kopf leicht schief wie immer, wenn sie überlegte. Zwischen ihren Brauen entstand eine feine Falte. Es war stickig im Wagen, obwohl sie die Tür offen hatten. Draußen lärmten Kinder und in der Ferne der Verkehr. Eduard konnte Abgase und die Ausdünstung einer Mülltonne riechen, die zur morgigen Abholung an die Straße gestellt wurde. Es war ein kleiner, gemütlicher Stadtteil mit winzigen, sehr gepflegten Vorgärten, in dem Matilda unter Aufbietung all ihrer Kräfte ihr Heim verteidigte, das sie sich kaum leisten konnte. Ordentlich und sauber, aufgeräumt und vorhersehbar. An den Donnerstagen stellten die Leute ihre Mülltonnen an die Straße und an den Sonntagen unternahmen sie Ausflüge. Die Woche über gingen sie ihren soliden Berufstätigkeiten nach, während die Kinder in hübschen, netten Schulen lernten. Abends traf man sich zum Bier oder Grillen. Samstags wurden die Einkäufe erledigt und die Autos sowie die Häuser geputzt. Ein menschengemachtes Klischee, das man langweilig, erstickend und öde finden konnte, aber es war auch erfüllt von beruhigender Gleichförmigkeit und Normalität. Eduard wünschte sich, eine kurze Weile dazuzugehören, obgleich ihm klar war, dass er hier ebenso wenig hinpasste wie ein Papagei in das Vogelhäuschen hinter dem Schuppen, das viele Bewohner dieser Gegend mit Haferflocken und Sonnenblumenkernen bestückten.

Er steckte die Nase wieder in die halb leere Tasse. Nicht wegen der Mülltonnen- und Abgasgerüche, sondern damit er Matilda nicht mehr ansehen musste. Würde seine Frage ihn verraten? Was mochte sie von ihm halten, dass er so komische Fragen stellte?

Sie zuckte mit den Schultern.

„Du willst wissen, ob in dem Verblassen der Farben eine Art tiefere Botschaft steckt, wie in einem dieser hochtrabenden literarischen Theaterstücke, die manchmal auf alternativen Intellektuellenbühnen gespielt werden?"

Er nickte, sich mühsam zu Ruhe zwingend.

„Da fallen mir viele Möglichkeiten ein. Entweder, der Maler, dem das passiert, ist nicht auf der Höhe der Zeit und soll symbolisch signalisiert kriegen, dass er den Geschmack des Publikums nicht trifft. Oder er ist ein Versager, der sein Handwerk einfach nicht beherrscht und besser einsehen sollte, dass er vielleicht eher zum Fliesenlegen oder Schweinehälften zerlegen taugt. Oder er ist moralisch verdorben, wie Dorian Gray, dessen Bild für ihn altert und die Zeichen seiner Sünden trägt. Du weißt schon, in dem Roman von diesem irischen Dichter."

„Oscar Wilde", sagte Eduard. Dann schwieg er lange. Möglichkeit eins und zwei schloss er aus. Er *hatte* den Geschmack des Publikums getroffen und er *beherrschte* sein Handwerk, jedenfalls technisch gesehen. Blieb Möglichkeit drei, die er ja selbst auch schon in Erwägung gezogen hatte. Dass Matilda auf dieselbe Idee gekommen war, ließ ihn frösteln. Was, wenn diese Erklärung zutraf? Er war ein Mensch mit ein paar guten und vielen schlechten Eigenschaften und er konnte wohl kaum aus seiner Haut. Schloss dies die Option aus, seine Kunst jemals wiederzubekommen? Aber warum gerade er? Traf es nicht auf jeden Menschen zu, dass er Schattenseiten hatte, andere Menschen verletzte, falsche Entscheidungen traf, sich schlechte Wege erwählte? Nach dieser Logik hätte es ja überhaupt keine bunten Bilder mehr auf der Welt geben dürfen!

Er seufzte. Matilda wandte ihm ihr Gesicht zu, schön und robust zugleich. Er sah sich sogleich ihre kräftigen Brauen, die leichten Schatten unter den Wangenknochen, die ausgeprägte Lippenform auf Papier skizzieren. Gern hätte er ein Bild von ihr besessen, um sie immer wieder anschauen zu können. Aber noch lieber hätte er sie berührt, ohne sich dies einzugestehen.

„Es war eine blöde Frage, vergiss sie."

Der letzte Schluck des Tees war betörend süß. Er wollte ihr sagen, wie gern er sie ansah und wie sehr er ihre scharfsinnige und herzerwärmende Gesellschaft mochte. Aber er, der Überflieger und Frauenherzenbrecher, traute sich nicht. Er würde sie verlieren, früher oder später – aber später war ihm lieber. Also schob es auf, so lange es ging, und wollte nichts tun, um dieses Vorhaben zu gefährden.

„Gute Kunst ist auch schön", sagte er und beantwortete damit die erste Frage selbst, die er ihr eben gestellt hatte.

„Nein", gab sie zurück. „Das sehe ich überhaupt nicht so. Denk an einen Picasso, der unsagbare Kriegsgräuel verewigt hat. An Käthe Kollwitz, die Armut und Not ihrer Mitmenschen für die Nachwelt festhielt. Oder an Frida Kahlo, die ihre eigenen Seelenqualen und körperlichen Schmerzen in ihre Bilder bannte und sie so für Augen und Herzen ihrer Mitmenschen sichtbar machte. Gute Kunst ist nicht immer schön, aber sie ist immer wahr."

Okay, dachte Eduard, ein bisschen vernichtet. *Ehrlichkeit ist für notorische Lügner und Sich-durchs-Leben-Schmuggler kein vielversprechendes Ziel, das leicht zu erreichen wäre. Ihnen steht immer die Lüge im Weg.* Dann vergaß er, was er hatte sagen oder auch nur denken wollen, weil er nur noch fühlte. Matilda war sehr nah und sie kam noch näher. Als ihre Lippen die seinen berührten, dachte er nicht mehr daran, sie zu malen. Alles, was er wollte, geschah schon in jenem Augenblick, es fehlte rein gar nichts mehr. Und die Kunst wurde für einen Moment nebensächlich, selbst die verlorene und so heiß ersehnte, die vielleicht nie zurückkehren und eine große Lücke hinterlassen würde.

Achte Lektion:

*In guter Kunst
steckt immer auch Wahrheit.*

Zusammenbruch

Es änderte sich überhaupt nichts zwischen ihnen, außer vielleicht, dass Blicke intimer und wie zufällig erscheinende Berührungen persönlicher wurden, aber nicht auf eine Art, die sehr auffällig gewesen wäre.

Im Grunde gingen sie miteinander um wie ein altes Ehepaar, das sich sehr vertraut und gut aufeinander eingespielt ist. Was absurd war, wenn man bedachte, dass sie sich noch nicht einmal am Beginn einer echten, ernsthaften Beziehung befanden. Sie hatten mit ihrem Kuss, der selbst nur ein Hauch gewesen war, den Hauch einer *Möglichkeit* gestreift, von der Gott allein wusste, wie sie sich entfalten würde. Weiter nichts.

Trotzdem war Eduard merkwürdig zufrieden mit sich und der Welt, als habe er einen Berg erklommen, der von unten ziemlich hoch und steil ausgesehen hatte. Als sei er an einem Ort (im Innen oder Außen?) Angekommen, an dem er sich für eine Weile behaglich einkuscheln und geborgen fühlen konnte. Ein zauberhafter, vielversprechender Auftakt für viele Dinge, die noch kommen konnten.

Bis zu diesem verhängnisvollen Freitag, an dem alles den Bach runterging. Freitage schienen seine Unglückstage zu sein, denn auch der Morgen, als er erstmals sein ruiniertes Bild entdeckte, war ein Freitag gewesen.

Die Schule veranstaltete ein Fest, weshalb zur Freude aller Kinder der Unterricht ausfiel. Für einen großen Basar wurden Tische auf dem Schulhof platziert und mit Stoffen abgedeckt, auf denen die Schüler selbst gemachte Dinge und aussortierte Schätze verkauften, um Geld für einen gemeinsamen Ausflug am Ende des Schuljahres zu sammeln. Eingekochte Marmeladen aus der Koch-AG und hübsch gestaltete Postkarten standen neben auf einer kleinen Reisenähmaschine genähten Halstüchern aus verschiedenen Stoffresten. Eine Klasse briet unter der kundigen Anleitung einer Lehrerin Würstchen auf einem Grill neben dem Sportplatz und schenkte Säfte und Limonaden aus. Es gab auch einen Kaffee- und Kuchenstand sowie eine Gruppe von Kindern, die Waffeln buken. Man erkannte sie an ihren bunten Schürzen, ebenfalls im Kunstunterricht selbst bemalt, und an den puderzuckrigen Händen.

Da auch Eltern und Verwandte eingeladen worden waren, herrschte ein ziemliches Gewusel. Die Stimmung war fröhlich und beschwingt, was nicht nur der herrlichen Sonne zu verdanken war, die ohne ein Wölkchen vom Himmel lachte.

Auch Eduard hatte mit seinen Gruppen in der Vorbereitung zu diesem Event beigetragen: Er hatte aus lufthärtender Modelliermasse Tierfiguren kneten und sie dann mit Acrylfarben bemalen lassen. Schweine, Katzen, Eichhörnchen und sogar eine Schnecke waren entstanden und hatten den Kindern viel Freude bereitet. Eduard musste – auch objektiv betrachtet – feststellen, dass das Verkaufsangebot seiner Schützlinge außerordentlich ansprechend war und vor allem den Flohmarktkrempel ordentlich in den Schatten stellte.

Und die Erwachsenen kauften. Sie ließen sich die krummen, bunten und sehr niedlichen Tierchen in geknülltes Zeitungspapier einwickeln und gaben gern den einen oder anderen Euro mehr. Die Tiere sorgten daher auf allen Seiten für große Freude. Sie würden in Schrankwände gestellt oder an die Oma verschenkt werden, den weihnachtlichen Gabentisch aufpeppen oder als Erinnerung in so mancher Schublade verschwinden, eines Tages zufällig gefunden und hervorgekramt werden, mit dem erstaunten, glücklichen Ausruf: *Weißt du noch, damals in der Grundschule?*

Eduard kam nicht umhin, an Matilda zu denken, die hier auch irgendwo in dem Wust unterwegs war. Vor allem beim Anblick der Flohmarktwaren dachte er an ihre mit Kastanienmännchen, Mitbringseln von früheren Reisen und allerlei nostalgischem Kram vollgestopften Regale und Fensterbretter, auf denen die Blumen kaum noch genug Platz fanden. Und an das Sofa, das er hatte reparieren wollen und aus dem immer noch der Stoff quoll, weil er zu beschäftigt gewesen war. Mit der Rektorin ihres Sohnes und seiner zweiten Karriere als Kunstlehrer.

Gegen Nachmittag ließ er sich von Janina Bachmann ablösen, die nebenan den Kaffeestand überwachte und sich bereit erklärte, ein Auge auf die kleinen Kunsthandwerker zu haben, damit Eduard sich eine Bratwurst holen konnte. Das tat er auch und eine Zitronenbrause mit Minze dazu, die er in einem Zug austrank.

Zufällig gesellte sich Levi zu ihm, der vom Fußballspielen und Bobbycar-Rennen das Haar schweißnass in der Stirn hängen hatte und einen wundervoll abgekämpften Eindruck machte. Es war ein toller Anblick: Levi war angekommen in seiner Gruppe, direkt in der Mitte – und ganz, ohne sich zu verstellen. Er wurde nun geschätzt und gemocht, *weil* er so war, wie er war, nicht trotz dessen.

Levi schlich neben ihm her, während Eduard die Stände entlang schlenderte und hätte wohl gern die Hand in seine geschoben, was er dann aber doch unterließ. Eine solche Geste war nichts für einen Jungen, der bald in die weiterführende Schule kam. Ein bisschen Fassade war okay, es musste ja nicht jeder die vertrauten Gesten sehen.

Eduard zeigte auf den Bücherstand.

„Schau, Levi, da liegt *Pippi Langstrumpf*, soll ich es dir kaufen?" Aus dem Bestand einer Spende oder irgendeines Mitschülers stammend kostete das Buch nur zwei Euro, nach denen Eduard bereits in seiner Hosentasche fischte.

„Ich möchte lieber *Die kleine Raupe Nimmersatt.*" Levi deutete auf ein anderes Buch. Eduard freute sich, weil er so klar wusste und deutlich mitteilte, was ihm gefiel und was sein Wunsch war. Kein halbwahres *Ach, das ist doch nicht nötig!* aus zu großer Bescheidenheit heraus. Kein *Ja, gern!* zu Pippi, obwohl er mehr auf die Raupe stand, für die er eigentlich zu alt war. Eduard reichte dem Kind, das Eis lutschend hinter dem Tisch auf einem Campingstuhl hockte, ein paar Münzen. Auch zwei Bände der *Gänsehaut-Geschichten* ließ er sich in den Beutel stecken, die konnte Levi abends mit der Taschenlampe unter der Bettdecke lesen und sich behaglich gruseln, so, wie er selbst es als kleiner Junge getan hatte. *Sie lesen nicht mehr unter der Bettdecke,* fiel ihm ein. *Sie tippen und wischen auf ihren Handys herum und für die braucht es nicht mal eine funzelige Taschenlampe, weil sie von selbst leuchten.* Die Zeiten, als *er* ein kleiner Junge gewesen war, waren lange vorbei.

Levi hatte sich, gut erzogen wie er war, gerade freundlich bedankt und gefragt, ob sie sich die Gewürze anschauen könnten, die zwei Stände weiter vermischt mit körnigem Salz in verkorkten Reagenzgläsern verkauft wurden, um seiner Mutter ein Geschenk zu machen, da passierte es.

Es geschah alles gleichzeitig.

Sabrina, die vorüberging, Eduard erblickte und ihm über die Köpfe aller Anwesenden hinweg in einem Anflug von aufregendem Größenwahn einen Blick zuwarf, der nicht nur ein anzügliches Zwinkern enthielt, sondern auch vollkommen eindeutig war. Ein Blick, in dem jeder vertrauliche und pikante Moment lag, den sie in den letzten Wochen miteinander geteilt hatten.

Matilda, die just des Weges kam und diesen Blick, der sonst niemandem auffiel, sah. Matilda, die verwirrt von Eduard zu der Rektorin ihres Sohnes blickte und wieder zurück.

Eduard, der dazwischenstand und nicht wusste, wohin er schauen oder in welches Loch er sich verkriechen konnte, den Leinenbeutel mit den Büchern fest in der Hand. Er nahm das alles wahr und auch, dass es in Sekundenbruchteilen passierte, aber seltsamerweise konnte er sich später nicht mehr an die Gefühle erinnern, die ihn durchströmt hatten, obwohl es viele verschiedene gewesen sein mussten, die mit einer unglaublichen Gewalt über ihn hereingebrochen waren. Er wusste nachher nur noch, dass er hatte aufstoßen müssen und der Geschmack von Fleisch mit Ketchup hatte sich mit der sauren Limonade vermischt – ihm war schlecht geworden.

So schnell, wie es passierte, war es vorbei. Sabrina verschwand in einem Gebäude, als sei nichts geschehen. Matilda wendete sich, geschützt von ihrem dichten Haar, das ihr Gesicht verbarg, einem Jungen zu, der just in diesem Moment gestürzt war und sich das Knie aufgeschlagen hatte, weil er zu schnell gelaufen war. Levi zupfte ihn am Ärmel.

„Die Gewürze", flüsterte er. „Mama kocht doch so gern."

Eduard war zu keiner Regung fähig. Die Szene war so schnell geschehen, dass gar keine Zeit für eine Reaktion geblieben war, aber ihre Konsequenzen waren gewaltig. Ein Sekundenbruchteil hatte ausgereicht, um zu erkennen, dass Matilda zutiefst verletzt war und sich von dieser Verletzung auch nicht wieder erholen würde. Jedenfalls nicht genug, um sich etwas erklären zu lassen. (Und was gab es auch zu erklären? Eduard hatte Mist gebaut, da gab es nichts zu beschönigen.) Noch bevor sie sich hatte abwenden können, stand es wie in Stein gemeißelt auf ihren Zügen: All das Zarte und Kostbare, was zwischen ihnen entstanden war und sie verband, etwas, das vielleicht noch sehr fest und stabil hätte werden können, war mit einem einzigen Blick zerschlagen worden, als sei diese unselige zufällige Begegnung zu dritt der Schwerthieb eines unbarmherzigen Kriegers gewesen, dessen einziges Ziel völlige Zerstörung war.

Matilda besann sich und überließ den weinenden Jungen mit dem aufgeschrammten Knie einer Lehrerin, die sich um Pflaster, Trost und vermutlich ein Eis kümmern würde. Dann lief sie auf Eduard zu, der dachte, sie würde ihm nun wutentbrannt eine knallen oder ihn anschreien, aber so war Matilda nicht. Sie griff nur nach Levis

Hand und zog ihn von Eduard weg. Levi, der sich verwirrt umsah und sagte: „Ich wollte dir ein Gewürzsalz kaufen, Mama, mit Rosmarin." Levi, der nicht begriff, was da gerade geschah. Levi, der im Affekt nach der Büchertüte haschte, um seiner Mutter die Neuanschaffungen zu präsentieren, die sie überhaupt nicht sehen wollte. Matilda hätte Beeindruckendes zu Eduard, sagen (oder brüllen) können, so etwas wie: „Komm mir bloß nie wieder unter die Augen!" Oder „Halte Abstand von meinem Sohn, sonst lernst du mich kennen!", aber sie sagte gar nichts und eigentlich war das sogar schlimmer.

Sie schenkte ihm nicht mal einen bösen Blick, als wolle sie sagen, ihre Spucke zum Reden und ihre Augen zum Schauen seien an einen wie ihn sowieso nur verschwendet. Doch es war völlig klar, dass er am Abend vor verschlossenen Türen stehen würde – an diesem und an allen, die kommen mochten. Alles an ihrer Körperhaltung und der Art, wie sie sich bewegte, bestätigte diese Ahnung und noch bevor Eduard auch nur eine Erklärung (Welche hätte es auch geben sollen?) Nachschieben konnte, hatte sie mit dem zeternden Levi im Schlepptau das Schulgelände verlassen.

Eduard brachte wie in Trance den Nachmittag hinter sich, den Geschmack von Zitrone und Bratwurst im Mund und von latenter Übelkeit geplagt. Er beaufsichtigte, wie es seine Pflicht war, die Kinder vom Modelltierstand, bis auch die letzten Schäfchen und ein einsamer Seestern verkauft waren. Er beaufsichtigte und half beim Aufräumen und sah dabei zu, wie ächzende Kinder Tische zurück in die Klasse schleppten und mit leuchtenden Gesichtern das Geld in der Kassette zählten. Er gab Anweisungen, während seine eigene Stimme ihm schmerzhaft bis ins Hirn drang und sich nicht mehr zur Ruhe bringen ließ. Sie steckte voller Vorwürfe und Reue, aber es war zu spät.

Als die Familien den Ort des Geschehens verlassen hatten, suchte er Sabrina in ihrem Büro auf und sagte, er müsse „es" beenden. Sie zog eine Braue nach oben und fragte: „Was? Unsere Stelldicheins, die doch recht unterhaltsam sind, was sehr schade wäre? Oder deinen Unterricht, für den die Kinder sehr dankbar sind und was deshalb ebenfalls sehr schade wäre?"

„Beides", sagte Eduard und fühlte sich empört und angeekelt von ihrer unverhohlen präsentierten Anzüglichkeit. In Wahrheit war er empört und angeekelt von sich selbst.

Sabrina verstand nicht, aber wie jede kühl kalkulierende Führungskraft nickte sie nur und seufzte. Das war ja zu erwarten gewesen bei einem flatterhaften Typen wie Eduard! Nicht schlimm! Liebhaber gab es für eine junge, erfolgreiche und schöne Frau wie sie wie Sand am Meer, sogar ein paar passende für ein etwas längerfristiges Arrangement, wenn man sorgfältiger hinsah und bewusster auswählte. Und für die Kunst-AG würde sie sich wohl nun wieder jemanden suchen müssen, einen rüstigen Rentner, der gern kreativ tätig war, das war ja eh Plan A gewesen. Denn es war ja nichts Neues, sie hatte vor einigen Wochen schon mal dasselbe getan.

Trotzdem wollte sie einen Grund wissen, was nachvollziehbar war. Eduard wollte sagen: *Es liegt nicht an dir*, doch ihm fiel zum Glück noch schnell genug ein, wie abgedroschen dieser Spruch war, auch, wenn er zutraf.

„Ich muss zurück nach Hause", sagte er. Es gab kein Zuhause, es würde nie mehr eins geben. „Dahin, wo ich herkomme", verbesserte er sich.

„Ist was passiert?"

Oh ja, aber er konnte es ihr nicht erklären.

„Ich muss Dinge in Ordnung bringen", wich er aus. Das stimmte. „Ich hätte mich schon viel früher darum kümmern sollen."

„Hm." Mehr wollte sie nicht wissen, weshalb sie nicht nachfragte. Die etwas verletzte Eitelkeit stand ihr gut zu Gesicht. Sie wünschte ihm nicht alles Gute und sie gab ihm auch nicht die Hand, was angesichts ihrer Art von Beziehung auch lächerlich gewesen wäre.

Eduard verließ die Schule, an der er selbst so viel hatte lernen dürfen, bevor die Sonne unterging. Da kein Ziel existierte, das er hätte ansteuern können, lief er eine Weile herum, mied dabei aber die Straße, in der Matilda und Levi wohnten und auch jene, in der sie arbeitete, obwohl sie ganz gewiss an diesem Abend dort nicht zu finden sein würde. Weil sein Kopf schmerzte, besorgte er sich in einer Apotheke ein Päckchen Aspirin, hatte aber kein Wasser dabei, um es runterzuspülen.

An einem Brunnen in der Nähe der Innenstadt ließ er sich nieder und ruhte seine Füße aus, in denen es pochte. Was nun?

Ein Blick, ein einziger Blick in einem winzigen Augenblick und alles war zerstört. Wie ungerecht und herzlos war die Welt!

Eduard lehnte sich an das Gemäuer und schloss die Augen. Nein. Ungerecht und herzlos war er selbst! Er hatte Sabrina verführt und sich auf eine Liaison eingelassen und danach hatte er sich im vollen Bewusstsein darüber, dass er von einem bestimmten Zeitpunkt an zweigleisig fuhr, an Matilda herangemacht, weil die Aufmerksamkeit zweier Frauen besser waren als die von nur einer oder, Gott bewahre, von gar keiner! Sein armes, angekratztes Ego war nicht schuldlos in eine völlig verfahrene Situation hineingeschlittert, sondern er hatte genau das bekommen, was er hatte haben wollen!

Und dann hatte er es wieder verloren, weil es anmaßend und irrsinnig war, mehr haben zu wollen als einem zustand! Er hatte sich in Dinge eingemischt, die ihn nichts angingen. Er hatte Menschen geblendet und getäuscht, herumlaviert, sich herausgeredet und sehenden Auges Verletzungen zugefügt. Er hatte sich in Levis und vielleicht auch ein bisschen in Matildas Herz eingeschmeichelt, um direkt im Anschluss daran deutlich zu offenbaren, dass Loyalität und Zuverlässigkeit nicht seine Stärken waren. Etwas, was diese Familie aber mehr als andere brauchte!

Eduard streckte die Füße aus, die in seinen Schuhen zu kochen schienen. Er war, gestand er sich ein, nicht nur ein schlechter und erfolgloser Künstler, sondern auch ein schwacher Mensch. Nach alter Manier hätte er sich in seinem eigenen Selbstmitleid suhlen können, wurde doch der Bottich Scheiße, in dem er seit Monaten herumstrampelte, immer nur größer. Jammern wäre eine nachvollziehbare Reaktion gewesen.

Aber nichts dergleichen fühlte er. Zum ersten Mal seit sehr langer Zeit standen nicht seine eigenen, sondern die Gefühle anderer Menschen im Zentrum seiner Aufmerksamkeit: Er fühlte den Schmerz, den er zugefügt hatte, Schuld, die ihn überkam, Bedauern, Reue und Scham. Und sehr viel Mitleid. Wie es *ihm* jetzt ging, war nicht von Bedeutung, er hatte schon einmal neu angefangen und das würde er auch wieder schaffen, es gab ja auch kaum noch etwas zu verlieren, um das er fürchten musste! Aber Matilda würde den Glauben an die Menschen und vor allem an die Männer seinetwegen noch ein Stückchen mehr verlieren als sowieso schon, was ihr Leben nicht gerade einfacher machte und ihre Seele schwächte. Und Levi würde einen Menschen einbüßen, der in kurzer Zeit zu einer sehr wichtigen Bezugsperson für ihn geworden war: seinen Mentor, sein Vorbild, seinen Vertrauten. Dass er die beiden menschlich so enttäuscht hatte, war am schlimmsten. Und es war nicht zufällig oder aus Versehen passiert! Er hatte es sehenden Auges so entschieden.

Eduard seufzte. Gern hätte er Farben oder wenigstens ein paar Buntstifte gehabt, um seine Gedanken zu Papier zu bringen. Er dachte an all die Künstler vor ihm, die aus ihrem Leid, wie auch immer es geartet gewesen war, unvorstellbar schöne Kunstwerke geschaffen hatten: Aus Schmerz und Kummer konnte etwas Gutes werden, wenn die Kreativität sich ihrer annahm und das Elend durch ihre kundigen Hände verwandelte. Und diese Kunstwerke waren nicht nur Zeugnis einer schweren Zeit im Leben, Denken und Fühlen eines Menschen. Sie waren auch Beweis dafür, dass es einen unzerstörbaren Kern in einer menschlichen Seele gab, der durch nichts und niemanden erschüttert werden konnte. Denn hatte *diese* Kunst nicht alles überdauert, sogar das Leben selbst? Wurde sie nicht immer und zu allen Zeiten fabriziert, bis in alle Ewigkeit und überall? War sie nicht heute noch im Gespräch, wurde sie nicht auch heute noch betrachtet und bewundert und als Quelle der Stärke herangezogen, wenn direkte menschliche Unterstützung nicht greifbar war? Kunstwerke hatten sowohl die Künstler als auch ihre Nutznießer immer und zu allen Zeiten in die Arme genommen, wenn sonst nichts mehr geblieben war. Kunst war zeitlos und der Trost, der in ihr steckte, war es auch!

Er überlegte. Hatte er selbst eigentlich jemals ein Gefühl in einem Bild festgehalten? Seine ungeschönten, radikal rauen Emotionen in Farben gegossen, bei denen es keine Rolle spielen würde, ob sie morgen verblasst sein würden, weil sie nicht dazu dienten, eine Wand zu zieren oder in einer Ausstellung zu glänzen? War das überhaupt möglich? Sinnvoll? Das Innerste mit einem Werkzeug nach außen zu kehren, um es für die Welt sicht- und greifbar zu machen, was das *sinnvoll*? War es nicht ein Experiment, das zum Scheitern verurteilt war, weil es Ergebnisse produzierte, die man nachher nicht hervorzeigen konnte? Für die man sich schämen musste und die man lieber verstecken sollte?

Im Grunde war all das egal, denn plötzlich war seine Sehnsucht danach, sich in die tröstenden Arme seiner Farben zu begeben, so groß, dass sie ihn zum Aufstehen und vom Brunnen wegtrieb. Scheiß auf Ausstellungen und Aufträge! Scheiß auf den schönen Schein und ein gelungenes Abbild der Realität, scheiß auf Handwerk und Kunstfertigkeiten!

Sein Herz schlug schwer und schmerzhaft in der Brust und er brauchte einen Pinsel, eine Leinwand, einen Filzstift, zur Not einen Bleistift, um das Blut, das in ihm pulsierte, zur Ader zu lassen!

Um selbst wieder gesunden zu können und vielleicht abseits seines eigenen ramponierten Zustands auch bei den anderen Beteiligten noch heilen zu können, was zu heilen war! (Wenn sie ihn ließen, was ihm unwahrscheinlich erschien.) Er stand mit dem Rücken zur Wand. Selbst hineinmanövriert, klar, aber es tat trotzdem weh.

Diese unselige Situation würde er überstehen, wie schon so viele vor ihr – weil Menschen so etwas und sogar noch viel Schlimmeres ertragen konnten, ohne zu zerbrechen. Aber sie brauchten dazu einen Strohhalm, einen Hafen, einen Anker. Und sein Anker war die Malerei! Immer schon gewesen! Warum hatte er sie weder dafür genutzt noch einen Funken Dankbarkeit an den Tag gelegt, eine solch wertvolle Gabe zu besitzen?

Es dämmerte längst, als Eduard zu seinem Bulli zurückkehrte und wenig überrascht feststellte, dass sich dieser nicht mehr vor Matildas Haus befand. Den habe die Polizei abschleppen lassen, teilte ihm eine freundliche und immer sehr neugierige Nachbarin mit. Jemand habe wohl angerufen und gemeldet, dass er seit Wochen wild neben der Grünfläche campiere, auf der alle Hunde des Viertels das Bein hoben. Seltsam, sinnierte die Nachbarin, dass das nicht schon viel eher jemand veranlasst hatte.

Eduard bekam seinen Wagen nach einigem Aufwand und der Zahlung einer saftigen Strafe zurück. Er fuhr aus der Stadt hinaus und riskierte gleich die nächste Strafe, indem er sich auf einem Parkplatz in der Nähe der Autobahn niederließ.

Es fühlte sich an, als sei er übersättigt von widerstreitenden Gefühlen. Sollte er noch mal versuchen, mit Matilda zu sprechen? Sich entschuldigen und erklären? Oder sie endlich in Ruhe lassen und sich um seinen eigenen Berg Mist kümmern? Warum tat es so bodenlos weh, wenn er an schwarzes Haar dachte? Kastanien, Sandburgen, Nudeln! Wie furchtbar vermisste er Levi jetzt schon! Ob Levi gerade das Raupenbuch las? Tomatensoße mit Spaghetti aß, das Kinn voller roter Flecken und das Bild von einem Orca auf dem Schlafanzug? Ob er vor dem Fernseher an ihn dachte? Beim Anblick der zerrupften Sofalehnen, die sie gemeinsam hatten reparieren wollen? Beim Blick auf seine Kinderzimmerwand, die noch längst kein vollständiges Aquarium zeigte, sondern ebenso unfertig geblieben war wie ihre Freundschaft, die nun zerrissen wurde? Die Gedanken nahmen kein Ende. Sie tanzten wieder und wieder einen wahnwitzigen Reigen vor seinen inneren Augen und wenn ein Lied endete, begann sogleich ein neues und der qualvolle Tanz wiederholte sich.

Beinahe tränenblind versenkte Eduard sich mit Haut und Haaren in seine Materialien, die er dabeihatte. Es waren nicht viele, eben nur die kleine Auswahl an Buntstiften und ein billiger Schulblock, den er sich für die Vorbereitung auf den Unterricht von Levi geliehen hatte. Aber es genügte.

Er skizzierte, schraffierte, kritzelte und kratzte über das Blatt, als gäbe es kein Morgen. Zwei der Stifte brachen ab, weil seine Faust zu fest zudrückte. Einer ließ sich nicht mehr anspitzen, weil die Mine im Inneren in ebenso viele Stückchen zerfallen war, wie sich sein Herz anfühlte. Dieser einfallslose Vergleich brachte ihn zum Lachen, das sofort wieder verklang. Tränen verwischten die Farben ineinander und ergaben ein schönes Spiel, das einem Sonnenuntergang glich, den er sogleich durch ein leuchtendes Cyanblau ergänzte, was ihm noch mehr Schläge in die Magengrube verpasste, weil es ihn an Levi und seine eigenwillige Sonne erinnerte.

Eduard vergaß Raum und Zeit, er litt und kämpfte, keuchte und arbeitete. Es war kein angenehmer Prozess, aber ein notwendiger, denn er rettete seiner Seele das Leben. Er klammerte sich fest, er ließ los. Er ließ Farben weinen, sprechen, flehen und fluchen. Er tobte sich aus, als sei er ein Gewitter, das über eine Landschaft fegt und dort die Bäume entwurzelt, die Büsche köpft und den Boden verwüstet. Er grübelte nicht, plante und konzeptionierte nicht, er war ganz und gar Gefühl – und zwar kein schönes, aber ein ehrliches und tiefes.

Erst im Morgengrauen sank er erschöpft auf den Tisch, der über und über mit bunten, undefinierbaren, weltfremden Gemälden bedeckt war. Das Zwitschern der ersten Vögel bekam er kaum noch mit.

Neunte Lektion:

*Kunst ist ein Abbild
der göttlichen Seele selbst,
ein Spiegelbild der Schöpfung.*

*Sie erinnert uns an den Kern
der unverwüstlichen, unsterblichen
und unverletzlichen Seele, die wir
in unserem Inneren tragen.*

Läuterung

Eduard kehrte in die Stadt, aus der er kam, zurück, ohne noch einmal mit Matilda zu sprechen.

Sie hatte deutlich gezeigt, dass sie jede Art von Aussprache ablehnte, denn sie hatte auf sein Klingeln hin nicht die Tür geöffnet, obwohl die Fenster hell erleuchtet waren. Einen schriftlichen Arbeitsvertrag, der offiziell hätte gekündigt werden können, fesselte sie nicht aneinander und so konnten sie reibungslos auseinandergehen und sich anderen Wegen zuwenden. Mehr oder weniger reibungslos. Es schmerzte, aber er akzeptierte ihre Weigerung (und hätte ja eh keine schlüssige Erklärung parat gehabt, er war nun mal ein Hallodri, es steckte in ihm und würde auch künftig immer mal wieder zum Vorschein kommen, wie ärgerlich das auch war. Auch war seine Scham zu groß, um sich dem zu stellen, wenn er ehrlich war). Er gestand ihr ihre Wut und Ablehnung zu, weil er davon ausging, dass diese ihr Herz schneller und nachhaltiger heilen würden als unerfüllte Sehnsucht. Ein-, zweimal überlegte er, ob er ihr einen Brief schreiben sollte, ließ es dann aber sein. Und Levi? Auch den Jungen schrieb er nicht an.

Er war nur kurz ein Teil seines Lebens gewesen und Kinder vergaßen schnell. Wenn Eduard Levi den Verlust leichter machen wollte, dann gelang dies nur, indem er sich fernhielt und nicht mehr in Erinnerung brachte. Kein Kontakt, keine offenen Wunden. Vielleicht konnte das Kind sich das Kostbare und Gute in seinem Herzen bewahren, das Eduard ihm vermittelt hatte, und das Schlechte einfach vergessen.

Zurück daheim meldete er sich auf dem Arbeitsamt arbeitslos und ließ sich mithilfe der Schuldnerberatung eine billige Sozialwohnung vermitteln. Das Amt stellte ihm nicht nur eine Wohnung zur Verfügung, sondern bezahlte auch die Kaution und besonders teure Dinge, die für den Neustart notwendig waren, etwa eine Waschmaschine und eine kleine Küchenzeile mit den notwendigsten Geräten. Für diese Hilfe durch den Staat musste er all seine persönlichen Informationen offenlegen und die Hosen bis auf die nackte Haut herunterlassen, aber er wollte einen Neustart und deswegen fügte er sich den Forderungen. Es gab eh nichts mehr zu verbergen. Das Leben selbst hatte ihn bis auf die Unterwäsche ausgezogen – wem wollte er etwas vormachen?

In einem Bewerbungskurs brachte er seine Unterlagen auf Vordermann, nicht ohne rückblickend doch auch etwas stolz auf seinen ungewöhnlichen Werdegang zu sein, dabei aber doch am Boden der Tatsachen bleibend. Große Sprünge konnte er mit seinem ungewöhnlichen Portfolio nicht machen, aber Improvisation war immer drin. Für einen Neustart konnte das ausreichen.

Es brauchte nur wenige Bewerbungen, um schließlich in einer Zeitarbeitsfirma anfangen zu können, die Handwerksbetriebe personell versorgte. Selbst darüber erstaunt, wie kraftvoll er anpacken konnte, ging er ruppigen Meistern auf Baustellen zur Hand und häufig waren auch Malerarbeiten dabei. Nicht ganz das, was er gewohnt war, er strich nun Farbe großflächig an Raufasertapeten, was seiner ursprünglichen filigranen Tätigkeit und Ausbildung nicht mal im Ansatz glich. Aber er war mehr und mehr dazu in er Lage, selbst für seinen Lebensunterhalt zu sorgen. *Jeder hat mal klein angefangen,* tröstete er sich, und damit, dass jede Leistung zählte.

An den Abenden, an denen er rechtschaffen erschöpft ziemlich früh ins Bett fiel, bereitete er sich ein gutes Essen zu, wie er das früher mit Matilda und Levi getan hatte. An den Wochenenden, die meistens frei waren, fuhr er mit dem Bulli herum und wenn er eine schöne Stelle gefunden hatte, in einem Wald oder an einem See, packte er seine Aquarellfarben und ein zünftiges Picknick aus und ließ es sich gut gehen. Die Natur wetzte die Scharten der Vergangenheit ebenso aus wie der regelmäßige, ihm nun wieder sinnvoller erscheinende Alltag, aber am meisten war es die Kunst, die ihn aufbaute. „Kunst" war es nun nicht mehr, denn niemand bekam das lustvoll und selbstvergessen Gestaltete zu Gesicht, schon gar nicht in einer erlesenen Ausstellung unter anerkanntem Label. Aber für ihn war es Labsal und Erfüllung zugleich.

Oft erinnerte sich Eduard an jenen schrecklichen Morgen nach diesem Tag, an dem er Matilda und Levi verloren hatte. Er war zerschlagen und mit brennenden Augen irgendwo in der Fremde erwacht, halb liegend und halb sitzend an seinem aus einer Weinkiste bestehenden Tisch im nicht ausgebauten Bulli, unzählige vollgeschmierte Papiere um sich herum. Die Buntstifte, zum Teil völlig abgemalt, hatten auf dem Boden und in den Ritzen zwischen Auto und Matratze gelegen. Die ganzen Bilder, die er wie im Fieber gemalt hatte, ließen ihn seltsam kalt, als hätten sie nichts mit ihm zu tun.

Doch ein bestimmtes stach ihm ins Auge:

Er hatte, ohne sich daran erinnern zu können, ein detailverliebtes Porträt von Levi erstellt, so lebensnah, als säße dieser direkt vor ihm. Und dieses Bild verblüffte ihn auf eine Weise, die er noch nie an sich selbst beobachtet hatte: Die Klugheit, die Lebensfreude und der Mut, die für den Jungen so typisch gewesen waren, lachten ihn aus Levis Augen an, als blicke er ihm direkt ins Gesicht. Nicht offensiv und temperamentvoll, eher auf eine subtile Art. Er hatte den Jungen nicht nur täuschend echt getroffen, (was Handwerk und Erfahrung war), sondern er hatte ihm auch wirkliches Leben eingehaucht. Er hatte Levis Charakter offenbart, als sei dieses zweidimensionale Blatt Papier ein organisches Wesen, (was echte, kreative Kunst war). Wer dieses Bild erblickte, der verstand, warum man Levi einfach ins Herz schließen musste. Es lag Liebe darin. Auch der Schmerz des Verlustes fand sich, aber mehr zart als heftig: als sei ein Tropfen Melancholie in ein Meer voller Glückseligkeit gefallen.

Und dieses Bild war nicht verblasst. Es war heller Morgen, doch das Bild leuchtete in den wunderbarsten Farben, die, sorgsam übereinandergeschichtet, die kleine Auswahl seiner Buntstiftpackung weit überstiegen hatten. Eine Verheißung. Ein Versprechen. Seine *Erlösung*.

Zehnte Lektion:

Kunst schafft Verbindungen zwischen Menschen.

Zukunft

Eduard, der Handwerker ohne Ausbildung aber mit geschickten Händen, fleißig und zumeist von einem sonnigen Gemüt, konnte bald kleine Zusatzaufträge generieren.

Mit einem Kunden, dessen Wochenendhaus er renovierte, war er ins Gespräch über den Kunstgeschmack der Familie gekommen, der sich über Bilder und Nippes verriet und ihm außerordentlich interessant erschien. Der Kunde hatte erwähnt, dass er auf der Suche nach einer versierten Person sei, die ihm sein Garagentor mit einer Südseelandschaft verzieren mochte und Eduard war gern dazu bereit gewesen.

Er bekam dafür keinen großartigen Lohn, doch er pfiff bei der Arbeit, die ihm leicht von der Hand ging. *Vielleicht*, dachte er, *male ich den Leuten schöne Dinge, die sie erfreuen und nach einem langen, anstrengenden Tag zu Hause empfangen?* Das waren auch Auftragswerke – aber es ging nicht mehr um Geld, Ruhm und Anerkennung! Ihm genügte die Lebensfreude, die er mit seinem Tun verbreitete, denn in jedem seiner Bilder steckten bald Strahlen von der geheimnisvollen blauen Sonne, die über

Levis Riesenschmetterlingen aufgegangen waren. Es war nicht mal schlimm, dass die großformatigen Bilder lächerlich und kitschig waren. Sie waren der Traum oder Wunsch von jemandem und sie machten Menschen glücklich. Darauf kam es einzig an, oder? Früher hätte er über Maler solcher Bilder spöttisch hinweggesehen und sie als naive Idioten bezeichnet. Heute sah er ein, dass er selbst der Idiot gewesen war.

In der Tat konnte Eduard sogar bald in dem ein oder anderen Kinderzimmer gewünschte Bilder an die Wand bringen: eine Meerjungfrau in einem Unterwasserpalast, (die ihn an Levi denken ließ), eine Autorennstrecke mit Rennwagen, die fröhliche Gesichter hatten, ein Schauspielerpaar aus einem berühmten Film mit aufwendiger Kulisse. Eduard war schnell und geschickt und erhielt dank zunehmender positiver Mundpropaganda mehr und mehr Aufträge. Er bemalte Mülltonnen und Häuserfronten, Wände und Autos, Kindergartenscheiben und Schulflure. Mit seinen bunten, fröhlichen Motiven und einer besonderen Farbauswahl, die eine ganz eigene Handschrift trug, setzte er Träume und Wünsche für Leute um, die Kunst um sich haben wollten, sie selbst aber nicht zu gestalten vermochten.

Es war ein gutes Leben. Nicht glamourös, nicht abenteuerlich, aber beständig und voller schöner Momente.

Eduard war klar, dass er sich nicht vom Sünder in einen Heiligen verwandeln würde, aber er begann, auf seine Taten und Worte mehr zu achten. Er gab sich Mühe, freundlich und fair zu den Menschen zu sein und etwas Positives in die Welt zu bringen – er wollte eine Art Wiedergutmachung leisten. Wenn er bedrückt war oder ihn etwas beschäftigte, zog er sich in seine inzwischen recht nett gestaltete Zwei-Zimmer-Küche-Bad-Behausung zurück und gab sich ganz ohne jede Vorgabe dem eigenen kreativen Tun hin. Dabei entstanden Werke, die der ein oder andere seiner früheren Bekannten vermutlich „abstrakt" und „innovativ" genannt hätte, die ihm selbst auch gut gefielen, weil sie viel Gefühl transportierten. Doch zunächst einmal bekam niemand sie zu Gesicht. Es war, als müsse Eduard einen Schatz hüten, der sich der Welt noch nicht öffnen durfte. Jedes Bild war wie ein Baby, das noch wachsen musste, bevor es den schützenden Mutterleib verließ. Zum ersten Mal überhaupt in seinem Leben gehörte seine Kunst ihm ein Stück weit selbst und dieses Gefühl machte ihn frei von allen Zweifeln und Einschränkungen, die ihn früher trotz des großen

Erfolgs gequält hatten. Er konnte sich dazu entscheiden, seine neue und andere Kunst der Welt zu zeigen, er konnte sie aber auch genauso gut für sich behalten. Bei jedem Werk, das entstand, blieb ihm diese Wahlmöglichkeit erhalten, jedes Mal aufs Neue. Und mit dieser Freiheit kam auch so etwas wie eine innere Zufriedenheit, die Eduards Bestreben, seine Zeit mit etwas Sinnvollem zu verbringen, von der Notwendigkeit einer Bestätigung durch andere Menschen abkoppelte.

Als er sich ganz sicher war, dass die Farben von Levis Porträt tatsächlich nicht verblassen würden, tütete er es sorgfältig ein und schickte es an Matilda. Er hätte es gern behalten, weil er Levi so ein Stück näher war, aber es war seine Art – die einzige, die ihm zur Verfügung stand – um Verzeihung zu bitten. Vielleicht war es auch ein ganz kleines bisschen der Wunsch, sie wissen zu lassen, wie viel Zuneigung er ihrem Sohn entgegengebracht hatte.

Elfte Lektion:

Kunst möchte nicht instrumentalisiert und missbraucht werden.

Sie ist immer ein Geschenk von der Schöpfung an uns und von uns an die Welt.

Wiedersehen

Ein paar Tage, nachdem sie das Bild erhalten haben musste, rief Matilda Eduard an.

Er hatte nicht damit gerechnet, freute sich aber ehrlich und ohne Hintergedanken. Noch mehr freute er sich darüber, dass sie unbeschwert und gut gelaunt klang und ihm scheinbar nichts mehr nachtrug.

„Wie geht's euch?", fragte er mit echtem Interesse, nachdem er sich für ihren Anruf bedankt und ihr erzählt hatte, er mache gerade Mittagspause auf einer staubigen Baustelle und verzehre gleich ein Gurkensandwich mit Kresse.

„Uns geht es gut", sagte sie. „Meine Mutter war ja zum Glück recht schnell nach deinem Weggang wieder fit und unser gewohnter Alltag funktionierte wieder."

„Und Levi?" Er wagte es, sie nach ihm zu fragen und sie lachte, als ob sie es erwartet hätte.

„Der macht sich prima in der neuen Schule. Er ist in der Schach-AG und in der Astronomie-AG und bei den jungen Biologen … Und stell dir vor, er sitzt freiwillig neben dem Finn, die scheinen sich ja inzwischen echt bombig zu verstehen. Ich wollte dir sagen, dass das Bild von Levi toll geworden ist und ich mich freue, dass du es mir geschickt hast."

„Schön", sagte er und sah sie wieder vor sich. Wie sie sich das Haar hinter die Ohren strich. Wie sie mit gerunzelter Stirn über Mathehausaufgaben brütete, innerhalb von Minuten die vollen Einkaufstaschen systematisch und effizient ausräumte, sich eine Wolldecke um die kalten Füße wickelte, wenn sie abends auf dem Sofa saß. Wie sie in ihren Tee pustete, um ihn abzukühlen. Den kleinen Leberfleck auf ihrem Hals, die glänzende, seltsam geformte Schnalle ihrer Tasche, die sie immer dabeihatte, das bunte Muster ihres Haarbands. Es versetzte ihm einen kleinen Stich, aber noch viel mehr verspürte er Dankbarkeit für die Erfahrungen, die er mit dieser und durch diese Familie hatte machen dürfen. Eine sehr kleine Familie, doch in seinen Augen war sie vollkommen.

„Dann hast du auf deine Frage, was gute Kunst ausmacht, ja eine Antwort gefunden", sagte sie nun. Sie erinnerte sich an das Gespräch, das ihm so wichtig gewesen war. Doch heute war die Antwort auf diese Frage nicht mehr so bedeutsam, wenn es ihn auch fröhlich stimmte, ein Lob von ihr zu hören.

Er ging trotzdem nicht darauf ein, ihn quälte etwas anderes. Wenn sie sich schon mal dazu überwunden hatte, mit ihm wieder Kontakt aufzunehmen, musste er seine Chance auch nutzen.

„Es tut mir leid, Matilda, dass ich alles verbockt habe." Anfangs sprach er zögernd, nicht recht wissend, wie er beginnen sollte, noch dazu ohne Floskeln und Phrasen, die er natürlich in Ermangelung besserer Ausdrucksmöglichkeiten dann doch verwendete. Nach und nach wurde es leichter, flüssiger – es spülte sein Gewissen ein bisschen freier und ihr Verhältnis etwas sauberer.

„Ich habe mich wie ein Blödmann verhalten und dir wehgetan, da gibt es nichts schönzureden. Aber ich finde es schade, dass wir so im Bösen auseinandergegangen sind, denn ihr habt mir sehr viel gegeben, Levi und du, und das hat mir dabei geholfen, meine Probleme und mein Leben ein bisschen besser in den Griff zu kriegen. Zu überlegen, wo ich eigentlich hinwill und wie mir das gelingen kann. Es herrschte ein ziemliches Chaos."

„Das dachte ich mir, dass du eine Menge Probleme hast und die nicht wirklich in den Griff bekommst", gab sie zurück, ein bisschen verschnupft, etwas schnippisch sogar, aber nicht mehr ernsthaft sauer. Sie fuhr fort:

„Es war auch eine irrige Hoffnung, mir einzubilden, zwischen uns könnte sich etwas entwickeln. Ich habe diesen Fehler dann bald eingesehen und akzeptiert, denn unsere Welten liegen doch in der Tat nicht nahe beieinander. Ich bin dir nicht mehr böse."

Er verstand, dass er Absolution erhielt. Warum stimmten ihre Worte ihn dann nicht hoffnungsvoller und zufriedener? Es war doch keine irrige Hoffnung gewesen! Wenn er nur einen Fitzel mehr Mut gehabt hätte, dann wäre *er* dieser Hoffnung doch auch erlegen! Nein, diese Hoffnung war das Gegenteil von irrig gewesen!
Und er hatte sie geteilt – und dann alles zerstört! Aller Vernunft zum Trotz wünschte er sich, sie würde *weiter* hoffen, sie würde *wieder* hoffen. Er jedenfalls tat es. Er wünschte ihr, sie könne frei von ihm sein, damit es ihr gut ging. Und gleichzeitig wünschte er sich, sie würde nie wieder von ihm loskommen.

„Ich hab auch nicht richtig reagiert, als ich einfach abgehauen bin und dich dann aus unserem Leben ausgesperrt habe", gestand Matilda ein. „Es ist kindisch, nicht einmal ein Gespräch zuzulassen und sich beleidigt zurückzuziehen, ganz egal, was vorgefallen ist. Wir haben beide nicht sehr erwachsen gehandelt. Mit etwas Abstand sehe ich die Dinge klarer und nicht mehr so dramatisch. Es ist ja nicht so, dass wir verheiratet gewesen wären und du mir Rechenschaft schuldig warst. Und ich nehme an, mit diesen heimlichen Gesprächen wolltest du Levi helfen, wenn es auch keine wirklich gute Idee war, mich außen vor zu lassen. Und was sich über diese schulischen Treffen hinaus ergab, steht natürlich auf einem anderen Blatt, das hat mich schon verletzt. Ich dachte, wir wären einander zu nah gekommen, um mich derart ... auszutauschen. Mein Interesse an dir zu übersehen und dich für etwas Aufregenderes zu entscheiden. Ich habe nicht viel zu bieten, nur einen langweiligen Alltag mit Kind, das ist mir schon klar."

Sie schwiegen beide und er konnte sie am anderen Ende der Leitung atmen hören.

„Du hast *alles* zu bieten, was mir wichtig ist, Matilda, ich habe das nur leider zu spät erkannt. Der langweilige Alltag mit Kind war eine Zeit lang das Zentrum meines Lebens, es war gut und richtig! Es war hingegen überhaupt nicht richtig, dass ich mich – auch mir selbst gegenüber – nicht positioniert habe. Es wäre fairer gewesen mich zu entscheiden oder zumindest mit offenen Karten zu spielen." Endlich konnte er es aussprechen.

„Ich hab einige Fehler gemacht, mehr oder weniger absichtlich … aus Dummheit … aus Egoismus … Dass ich mit der Lehrerin gesprochen habe, wegen des Mobbings, ohne dich vorher zu fragen. Dass ich mich in deine Belange eingemischt habe, ohne das mit dir abzuklären. Dass ich mit jemandem angebandelt habe, der mir eigentlich nichts bedeutet hat, mir aber Selbstbestätigung gab, nachdem ich mich selbst nicht mehr mochte. Das war der falsche Weg, ich begriff das irgendwann, aber da war schon alles kaputt. Tut mir leid. Es ist berechtigt und in Ordnung, dass du über all das verärgert warst."

„Es ist blöd gelaufen, belassen wir es dabei. Wie geht es dir denn?"

Dankbar für die nun geklärten Fronten berichtete er ihr von seiner Wohnung, seinem Job, seinen abwechslungsreichen Aufträgen und seiner Malerei auf Papier, die sich nun von einer Berufung zu einem Hobby gewandelt hatte, aber nicht minder Spaß machte.

„Das freut mich wirklich für dich, Eduard. Es scheint ja bergauf zu gehen." *Ja*, wollte er sagen, *die Farben leuchten wieder. Die Schmetterlinge sind bunt und die Sonne ist blau!*

Ein leiser Kummer blieb, der in seiner Brust festsaß. Er konnte ihn beim Luftholen und beim

Schlucken spüren. Eduard nahm all seinen Mut zusammen.

„Könntest du dir vorstellen, dass wir uns mal wieder treffen? Einfach nur so, unverbindlich? Wir könnten ins Schwimmbad gehen und dann könnte ich Levi zeigen, wie man vom Dreier springt. Damit schindet er bestimmt Eindruck."

„Levi kann längst vom Dreier springen." Sie lachte. „Er kann eine Menge Dinge mehr, seit du dich um ihn gekümmert hast, das muss ich dir ehrlich zugestehen. Vielleicht hast du mich verletzt, aber zweifelsohne hast du meinem Kind gutgetan. Er spricht manchmal immer noch von dir."

Eine warme Welle flutete Eduards Leib.

„Also?", hakte er nach. „Ich hätte am Wochenende Zeit."

Sie schwieg. Es kam ihm sehr lange vor.

„Hör mal, Eduard, ich muss los, meine Mutter steht vor der Tür, wir wollen zusammen in den Tierpark. Sie wird eine Thermoskanne mit ungezuckertem Tee und vegane Kekse dabeihaben."

„Okay. Habt viel Spaß dort und vergesst das Aquarium nicht. Levi liebt doch die Fische."

„Wie könnte ich das vergessen! Jedenfalls wollte ich mich noch mal bedanken, für alles. Bis bald, Eduard!"

Sie legte auf. Ihm war, als würde ein Band durchgeschnitten, das Nerven besaß. Es zwickte und zwackte ein bisschen im Herzen. Doch es steckte auch viel Zuneigung und Wärme in diesem Zwicken: Er hatte Levi gutgetan! Wohl war er ein Mensch mit jeder Menge Mängeln, doch es gab auch Dinge, die er gut und richtig gemacht hatte. Ein schönes Gefühl! Beinahe so schön wie das Gefühl, Farbe mit dem Pinsel aufzunehmen und direkt vor dem ersten Strich nicht zu wissen, was daraus entstehen würde. Ein Überraschungspäckchen des Lebens selbst.

Eduard legte ebenfalls auf. Betrachtete eine Zeit lang das Telefon. Schüttelte den Kopf. Lächelte. Es gab keine ausdrückliche Verabredung im Hinblick auf ein Treffen demnächst, als er darum gebeten hatte. Aber sie hatte auch nicht Nein gesagt. Ihre letzten Worte waren „Bis bald" gewesen.

Liebe Leserin, lieber Leser,

ich danke dir herzlich, dass du Zeit mit meiner
Geschichte verbracht hast und hoffe,
sie hat dir gefallen und dich gut unterhalten.

Wenn du eine Anmerkung, Rückmeldung
oder Kritik hast, würde ich mich sehr
über eine E-Mail freuen:

autorin@lindner-katharina.de

AutorInnen freuen sich auch immer sehr
über Rezensionen oder Empfehlungen
in den öffentlichen Netzwerken.

Leider bleiben Bücher ohne diese unsichtbar
und gehen den Leserinnen und Lesern verloren.
Sie brauchen Stimmen, die sich zu ihnen äußern.
Vielleicht ist deine eine davon?

Ich danke dir von Herzen.

Deine Katharina Lindner

Besuche mich auch gern auf meiner

Autorenseite:

www.lindner-katharina.de

Oder begegne mir und meinen Themen auf meinem liebevoll geführten

Blog:

www.seelenheiter.de

Literatur, Kunst und Tipps, wie du ein erfülltes und glückliches Leben führen kannst.

All das findest du dort
in regelmäßigen Beiträgen.

Mach's gut!

Ich wünsche dir von ganzem Herzen alles Liebe und eine schöne Zeit mit vielen abenteuerlichen, spannenden und berührenden Büchern! Vielleicht bis zur nächsten Lektüre?

Die Unvollkommenheit der Wünsche

Katharina Lindner

Clara hat durch eine Depression ihre Fähigkeit verloren, genussvoll in ein Buch einzutauchen. Auf dem Gelände eines verfallenen Jagdschlosses trifft sie den Obdachlosen Wilhelm, der ihr nicht nur die verlorene Lesefähigkeit zurückgibt, sondern ihr auch im Leben neue Perspektiven aufzeigt, indem er sie in seinem Traum, das Anwesen in ein Künstlerzentrum zu verwandeln, einbezieht.

Die unglückliche und einsame Frau, die sich voller Begeisterung in die Umsetzung dieses Plans stürzt, entdeckt ihr eigenes Talent und die Lust am Schreiben. Doch die Gespräche mit Wilhelm und die neuen Erfahrungen erinnern auch an ein lang verdrängtes Trauma: Bald begreift Clara, dass es manchmal Wunden gibt, an die man besser nicht rührt, wenn man bei klarem Verstand bleiben will …

Die Apfelblütenfee

Katharina Lindner

Merle hat ein Haus von ihrer unbekannten Oma geerbt und sich von ihrem Mann getrennt. Sie möchte in der Fremde ein neues Leben beginnen. Das Loslassen mag ihr jedoch nicht recht gelingen. Auf dem Gelände eines verfallenen Anwesens begegnet ihr die Baumnymphe Silvana. Die Nymphe ist verzweifelt, seit die Familie, die einst dort wohnte, weggezogen ist. Mensch und Nymphe entschließen sich, die Körper zu tauschen: Silvana sucht fortan nach ihrer Familie, während Merle ihre Probleme hinter sich lässt.

Doch als die Frau den Tausch rückgängig machen will, weigert sich die Fee, in ihren Baum zurückzukehren. Ein Wettlauf gegen die Zeit beginnt und Merle braucht die Unterstützung der weisen Hexe Karsta, um nicht auf ewig in Silvanas Baum gefangen zu bleiben …